KU-443-460

STRAINSÉIRÍ

COLMÁN
Ó RAGHALLAIGH

LEABHAIR LE
COLMÁN Ó RAGHALLAIGH

PICTIÚRLEABHAIR

Ceol na gCat
Deora Draíochta
Na Cailleacha Gránna
An Ceamara
Róisín agus an Sionnach
Róisín ar Strae

EACHTRAÍ RUAIRÍ

Drochlá Ruairí
Ruairí sa Zú
Ruairí san Ospidéal
Hé, a Ruairí!
Rírá le Ruairí!
Bunoscionn le Ruairí!

ÚRSCÉALTA GRAFACHA

An Sclábhaí
An Táin
An Teachtaire
An Tóraíocht

ÚRSCÉALTA

Éalú san Oíche
Strainséirí

STRAINSÉIRÍ

COLMÁN
Ó RAGHALLAIGH

CLÓ MHAIGH EO

Strainséirí
Le Colmán Ó Raghallaigh
Grianghrafanna le Janine Wiedel

© Cló Mhaigh Eo 2007

ISBN 978-1-899922-39-0

Gach ceart ar cosaint

Ní ceadmhach aon chuid den fhoilseachán seo a
atáirgeadh, a chur i gcomhad athfhála ná a tharchur
ar aon mhodh ná slí, bíodh sin leictreonach, meicniúil,
bunaithe ar fhótachóipeáil, ar thaifeadadh nó eile, gan
cead a fháil roimh ré ón bhfoilsitheoir.

Foilsithe ag Cló Mhaigh Eo,
Clár Chlainne Mhuiris,
Co. Mhaigh Eo, Éire.
www.leabhar.com
Fón/Faics: 094-9371744

Dearadh: raydesign, Gaillimh. raydes@iol.ie
Clóbhuailte in Éirinn ag Clódóirí Lurgan,
Indreabhán, Co. na Gaillimhe

Buíochas le: Iarla Mac Aodha Bhuí, Janine Wiedel,
Foireann Leabharlann Chontae Mhaigh Eo.

Faigheann Cló Mhaigh Eo cabhair ó
Bhord na Leabhar Gaeilge

Bord na
Leabhar
Gaeilge

CLÁR

Number   C900023616

Class   891.623

Do:

Eoin agus Tomás Mac Donnchadha

CAIBIDIL I

AN CHÉAD MHAIDIN

Breacadh an lae.

Bhí drúcht na maidine fós ag glioscarnach ar an bhféar. D'oscail Eilí doras an leantóra go réidh ciúin agus léim sí amach go héadrom ar an talamh. Bhí sí fós cosnocht agus mhothaigh sí an féar tais faoina cosa agus í ag imeacht go héadrom síos an bóithrín cúng.

I bhfad soir uaithi bhí an ghrian ar tí éirí. Cheana féin bhí corr éan anseo is ansiúd tosaithe ag fógairt go raibh an lá nua ag gealadh. D'airigh sí boladh trom an fhómhair chuile áit, boladh torthúil a thaitin go mór léi. Bhí brat ceobhráin le feiceáil ina luí go tiubh ar na páirceanna thart timpeall uirthi ach bhí a fhios ag Eilí nach mbeadh sé sin i bhfad ag imeacht le teas an lae.

Tráthnóna aréir a tharraing siad isteach anseo ach bhí sé ráite ag a hathair nach mbeidís ag fanacht ach cúpla lá. Ba thrua sin,

dar léi. Ar chúis éigin, thaitin an áit seo go
mór léi.

Ní raibh duine ar bith ina shuí go fóill nuair
a tháinig Eilí ar ais go dtí an leantóir. Bhí sé
chomh ciúin céanna agus a bhí nuair a
d'imigh sí amach fiche nóiméad ó shin. Rug sí
ar thuáille chun a cosa a thriomú agus shuigh
sí siar go sásta i gcathaoir chompordach
leathair taobh istigh den doras. Ag breathnú
timpeall an tseomra di, luigh a súil ar rud
éigin ar an gcóifrín beag in aice léi, grianghraf
beag seanfhaiseanta i bhfráma airgid...

D'éirigh sí soicind agus thóg sí an fráma ina
láimh. Siar arís sa chathaoir uillinn léi ansin
agus í ag baint lán na súl as an ngrianghraf os
a comhair. Rith sé léi chomh haisteach is a
bhíonn sé leis na nithe atá thart timpeall
orainn chuile lá; an chaoi a ndéanaimid
dearmad orthu mar nach bhfeiceann muid an

rud atá faoinár srón… Ach i gcás an ghrianghraif seo ní fhéadfadh sí a rá go raibh dearmad ar bith déanta aici air.

As na pictiúir uilig a bhí acu mar chlann ba é seo an ceann b'ansa léi ar fad. A seanathair a thug di é, lá, as an seanbhosca sin a choinnigh sé faoina leaba ina raibh na scórtha pictiúir dá leithéid, cuid mhór acu ag dul siar i bhfad sa tseanaimsir. Ba aoibhinn le hEilí na seanphictiúir bheaga sin a chuir aghaidheanna ar na carachtair sna scéalta a d'inseodh sé di faoina muintir; daoine a bhí caillte agus curtha le fada an lá ach a mhair beo i gcónaí sna grianghrafanna úd agus i mbéal an tseanfhir.

Bhí sí ag déanamh amach gur isteach is amach ar dhá scór bliain roimhe sin a tógadh é, am éigin i ndeireadh na seascaidí nuair a bhí a muintir fós ina gceardaithe agus nuair a bhí meas ag go leor daoine fós ar na 'tincéirí', mar a thugtaí orthu.

Carbhán den seandéanamh a bhí ann; simléirín beag miotail ar a bharr agus puth deataigh ag éirí san aer tríd, rotha móra buí faoi agus staighre de chéimeanna néata adhmaid ag dul suas go dtí an leathdhoras ar a chúl. B'álainn léi an díon cuarach ach go háirithe, é déanta as an gcanbhás céanna leis na pubaill bheaga sin a ndéanaidís cónaí iontu ar bhóithríní beaga na tíre, cuma cén cineál aimsire a bhí ann. Bhí na seancharbháin sin i bhfad níos deise ná na leantóirí móra galánta agus na jípeanna a bhí acu anois, dar léi, ach gáire a rinne a hathair nuair a dúirt sí an méid sin leis lá amháin.

'Is follas nár chodail tú riamh i gceann acu,' an t-aon fhreagra a fuair sí. Ach ba chuma léi. Ba chuimhin léi an rud a dúirt Daideo léi faoin saol sin lá agus iad ag féachaint ar an ngrianghraf céanna. 'Is cinnte go raibh muid beo bocht an t-am sin, a Eilí, a stór, ach bhí an saol níos nádúrtha ar bhealach éigin.'

Chun tosaigh sa phictiúr bhí a seanathair, Tomás Rua Mac Donnchadha, an ceardaí stáin, fear ard láidir; é ar a ghogaide agus buicéad os a chomhair ina láimh chlé. Ina lámh eile bhí casúr beag den chineál a d'úsáideadh na tincéirí an t-am sin chun na soithí stáin a dhéanaidís a thabhairt chun foirfeachta. Bhí gasúr beag cosnocht lena thaobh agus aoibh an gháire air, a chuid gruaige chomh rua le sionnach, agus é faoi dhraíocht ag an obair a bhí ar bun ag a athair. Mícheál Mac Donnchadha, a hathair féin a bhí ann, ar ndóigh.

* * * * * *

Agus í ina cailín beag chaitheadh Eilí go leor ama lena seanathair Tomás, agus ní raibh rud ar bith b'fhearr léi ná bheith ag éisteacht leis agus é ag trácht ar scéal a muintire agus na heachtraí agus na himeachtaí a bhain leis an saol fadó.

'An raibh ceamara agaibhse nuair a bhí tú óg, a Dhaideo?' arsa Eilí lá agus iad ag féachaint ar na grianghrafanna a bhí tógtha amach aige ón mbosca beag faoina leaba.

Thosaigh a seanathair ag gáire go hard.

'Ceamara? Muise, a Eilí, a stór, cén ghnó a bheadh againne do cheamara? Ní raibh ár ndóthain le hithe againn cuid mhaith den am, gan a bheith ag caint ar cheamara!'

'Ach cé as a tháinig na grianghrafanna seo, mar sin?' arsa Eilí, 'nó cé a thóg iad?'

'Bean éigin a tháinig anonn as Sasana, a Eilí, caithfidh go bhfuil sé tríocha bliain ó shin anois, bean a raibh an-suim aici i saol na dtincéirí, mar a bhí ag an am. Chaith sí roinnt seachtainí ag tiomáint timpeall linn agus thóg sí an-chuid grianghrafanna. Sular imigh sí abhaile gheall sí go seolfadh sé beart acu chugainn agus rinne sí sin. Is cuimhin liom go maith iad a bhailiú ag teach an phosta i Muileann gCearr, agus an fuadar a bhí faoi chuile dhuine nuair a d'oscail mé an beart, é féin nó í féin a fheiceáil iontu!'

Bhí Eilí ag éisteacht le gach uile fhocal a dúirt sé agus na grianghrafanna á scrúdú go géar aici. Capaill, pubaill bheaga, deatach ag éirí san aer, carbháin den seandéanamh, fir mhóra agus gasúir bheaga, mná óga ag dul in aois de bharr an chruatain agus cailíní óga ar nós Eilí féin... Ar feadh soicind amháin mhothaigh Eilí go raibh sí féin ag imeacht siar go dtí an aimsir sin agus glór ina ceann istigh á rá léi...

'Seo é do dhúchas féin, a Eilí, do dhúchas féin...'

Nuair a d'ardaigh sí a ceann bhí Daideo ag féachaint uirthi.

'Agus is leatsa anois iad, a Dhaideo?' ar sise.

'Is *linne* uilig iad, a chuid. Níl mise ach ag tabhairt aire dóibh, ach murach an bhean sin ní bheadh aon phictiúr againn de d'athair agus é ina ghasúr, ná díom féin go deimhin,' ar seisean agus an claibín á chur ar ais aige ar an mbosca. 'Sin é an fáth, a Eilí, go bhfuil sé tábhachtach iad seo a choinneáil slán sábháilte i gcónaí.'

'Meas tú an mbeadh aon seans ann go bhféadfainn ceann a bheith agamsa, a Dhaideo, le do thoil?' ar sí.

'Cén ceann atá i gceist agat, a Eilí?' ar seisean agus amhras beag air.

'Taispeánfaidh mé duit,' arsa Eilí agus bhain sí an claibín go cúramach den bhosca arís.

Chuardaigh sí nóiméad i measc na ngrianghraf sular thóg sí amach ceann.

'An ceann seo b'fhéidir?'

D'fhéach an seanfhear air. An ceann úd a
raibh sé féin agus athair Eilí ann a bhí
roghnaithe aici. Ina chroí istigh, bhí gliondar
air an oiread sin suime a bheith ag a ghariníon
ina leithéid. Ar a laghad ar bith, léirigh sé
nach raibh a chuid cainte ag imeacht le gaoth!

'Tá go maith, a stór, tig leat é a thógáil, agus
fáilte, ach bí cinnte go dtugann tú aire mhaith
dó.'

'Tabharfaidh, a Dhaideo,' arsa Eilí agus í an-
sásta. 'Caithfidh mé fráma maith a fháil dó i
dtosach.'

'Déan sin, a Eilí, coinneoidh sé slán é. Ach
cogar, céard a déarfá le cupán tae… agus
briosca seacláide?'

'Cuirfidh mé air an citeal, a Dhaideo,' ar
sise agus amach sa chistin léi.

CAIBIDIL 2

'AN BÓITHRÍN CAM'

Aon teach tábhairne amháin a bhí i mBaile an
Mhóta, sráidbhaile beag tuaithe a bhí suite idir
cheithre agus chúig mhíle soir ó dheas de
Bhaile na Leice. Bhí an t-ainm crochta ar
fhógra seanfhaiseanta adhmaid os a chionn:
'*An Bóithrín Cam* '.

Go gairid i ndiaidh a ceathair a chlog an
tráthnóna sin ní raibh ach beirt istigh ann;
fear amháin a raibh a hata caite aige ar an stól
taobh leis, fear cile a raibh a chaipín fós ar a
chloigeann. Ag ól agus ag seanchas ar a
suaimhneas a bhí siad agus iad ag leanacht na
rásaí a bhí á gcraoladh beo ar an teilfís.

Ba le Jeaic Ó Duibhir an tábhairne, fear nár
thuig aon cheo eile ach saol an tábhairneora
ón lá a d'fhág sé an scoil agus é in aois a sé
déag, agus bhí seisean ina shuí ar stól taobh
istigh den chuntar agus é chomh sáite sna rásaí
leis an mbeirt eile. Is beag aird a thug siad ar

an veain dhearg a bhí ag cúlú isteach sa chlós
taobh amuigh. Fiú nuair a tháinig an bheirt
fhear isteach tríd an doras tosaigh níor chas
ceachtar den bheirt chustaiméirí le breathnú
orthu. Bhí críoch an 4.15 ó Bhaile na Lobhar
ró-spéisiúil dóibh le suim ar bith a chur sna
strainséirí.

Faoi chríoch an rása áfach, bhí an chéad
duine de na strainséirí ag tarraingt ar an
mbeár.

'Dhá phionta Guinness, más é do thoil é,' ar
seisean de ghlór ciúin. Níor chorraigh an
tábhairneoir. Mheas sé gur airigh sé tuin
gharbh an lucht siúil go soiléir ar a chuid
cainte agus bhí cluas oilte air le fada an lá dá
leithéid. Rud eile, bhí boladh an óil le
haireachtáil uaidh, rud a d'fhág an
tábhairneoir i bponc.

'An bhfuil tusa ag tiomáint?' a d'fhiafraigh sé

go drogallach.

'Tuige?'

'Bhuel, de réir an dlí, tá a fhios agat, ní thig liom ólachán a sholáthar duit má tá tú i gceannas ar fheithicil.'

'Cá bhfios duit gur mise atá ag tiomáint?' a deir an fear agus an teannas ag méadú ina ghlór.

'Níl a fhios,' a deir an tábhairneoir, 'níl mé ach ag fiafraí.'

'An mbíonn tú á fhiafraí sin ó chuile dhuine a thagann isteach anseo, nó den lucht siúil amháin?'

'Éist, níl mise ag iarraidh trioblóid…' a thosaigh an tábhairneoir, ach ag an am céanna rug an duine a bhí ag an doras ar an stól a bhí in aice leis agus chaith uaidh é trasna an tseomra gur rinneadh smidiríní de in aghaidh an bhalla. De réir a chéile thosaigh an bheirt a

bhí ag an mbeár ag sleamhnú i dtreo na
leithris.

'Féach, caithfidh sibh imeacht,' arsa an
tábhairneoir agus idir imní agus fhearg ag
teacht air.

'Imeoidh, ach beimid ar ais,' arsa an té ag an
doras go bagrach.

'Tar uait, a amadáin,' arsa an chéad duine
agus rug sé greim chóta air agus thug leis é
amach an doras. Bhí tost sa bheár go dtí go
bhfaca siad an veain ag imeacht síos an bóthar.

'Meas tú an bhfillfidh siad?' arsa fear a'
chaipín agus é ag filleadh go mall cúramach ar
a stól.

'Ní cheapfainn é,' a deir a chomrádaí, 'ní
bheidh na buachaillí sin ag iarraidh aon aird a
tharraingt orthu féin, ar fhaitíos na nGardaí,
bhfuil a fhios agat?'

'Tá súil agam go bhfuil an ceart agat ansin,

a Mháirtín,' arsa an tábhairneoir agus é ag
gáire go neirbhíseach.   'Féach, bíodh ceann
eile agaibh, agus sílim go mbeidh leathcheann
agam féin.'

* * * * * *

Cuma éagsúil ar fad a bhí ar chúrsaí sa
tábhairne céanna an oíche sin; bhí an carrchlós
ag cur thar maoil, an teach lán go doras agus
aoibh an gháire ar Jeaic, an tábhairneoir. Is ea,
go deimhin, ní fhéadfá cluiche sacair mór idir
dhá fhoireann i bPríomhroinn Shasana ar an
scáileán mór a shárú chun custaiméirí a
mhealladh.

   Bhí sé ag dul dian air féin agus ar a mhac,
Éamon, coinneáil suas leis an éileamh agus na
gloiní a ní agus a thriomú ag an am céanna.
Fiche nóiméad nó mar sin isteach sa chéad
leath a scóráil Learpholl agus d'éirigh na
gártha molta ar an bpointe ar fud an tí. Ar

chúis éigin bhí lucht tacaíochta an-mhór ag
Learpholl sa cheantar seo. Níor thuig an
tábhairneoir cén fáth go díreach, agus le
fírinne, ba chuma sa sioc leis, a fhad agus a
líon siad an teach go rialta dó.

Bhí an fothram agus an bhéicíl chomh hard
sin is nár tugadh aon aird i dtosach ar an
bhfear óg a rith isteach sa bheár agus é ag
screadach in ard a chinn faoi rud éigin. B'shin
go dtí gur thit sé ar an urlár agus gur facthas
an fhuil ag doirteadh ina sruth as créacht ina
chloigeann.

'Dia dá réiteach!' arsa fear in aice leis, 'céard
a tharla duit, a Phádraig?'

'Na carranna,' arsa an duine gonta de ghlór
lag, 'tá na carranna scriosta acu…'

'Céard tá tú a rá?' a thosaigh an fear ach
bhris duine eile isteach air…

'Breathnaigí, ar son Dé, tá an áit amuigh ina

phraiseach cheart…'

Ach faoin am a rith an tábhairneoir agus
cuid den lucht ragairne amach sa charrchlós
féachaint céard go díreach a bhí ag tarlú bhí
siad ró-dheireanach. Ní fhaca siad ach trí nó
ceithre veain ag imeacht ar luas ard trí gheata
tosaigh an charrchlóis, agus gan oiread agus
carr amháin fágtha ina ndiaidh nach raibh na
fuinneoga scriosta inti nó na boinn pollta
fúithi.

CAIBIDIL 3

NÓRA

'Haló, a Nóra? Bhfuil tú ansin?'

Bhí Eibhlín Ní Ógáin, an bhanaltra áitiúil,
ag éirí buartha. Le cúig nóméad déag anois bhí
sí ag iarraidh dul isteach sa teach, ach in
ainneoin go raibh coinne aici le Nóra Uí
Fhloinn, ní raibh freagra ar bith á fháil aici.
Rud eile, bhí madra beag ag Nóra, nach raibh
ann ach peata, ach a dhéanfadh torann mór dá
dtiocfadh aon duine i ngar don teach. Ach an
mhaidin seo, ní raibh gíog ná míog le cloisteáil
ón teach.

'Haló, a Nóra? An gcloiseann tú mé?' arsa
an bhanaltra arís. Bhí sí ag éirí an-imníoch
anois. Bhreathnaigh sí arís ar a huaireadóir.

'A leathuair tar éis a deich,' ar sise léi féin.

Bhí sé scríofa síos ina dialann aici, nach
raibh? Ach bhí sé beagnach a haon déag
anois… Cá raibh sí, mar sin?

'A Nóra, an gcloiseann tú mé?' Faoin am seo

bhí sí ag bualadh ar an bhfuinneog tosaigh
lena dorn.

Ach freagra ní bhfuair sí.

Baintreach seacht mbliana agus trí fhichid
ab ea Nóra Uí Fhloinn. Naoi mbliana ó shin a
cailleadh a fear céile agus ó shin i leith bhí sí
ina cónaí léi féin sa teach beag seo ar imeall an
bhaile. Ar ndóigh, ghlaodh a comharsa, Bean
Uí Riain, isteach gach lá ag am lóin leis an
nuachtán ach seachas sin agus corrchuairt ó
fhear an phoist agus an sagart, ba bheag
cuairteoir eile a bhíodh aici. Ach amháin an
bhanaltra.

Agus bhí sise anois an-bhuartha, í ag siúl go
sciopta chomh fada lena carr. Shuigh sí
isteach inti agus thóg amach a fón póca.
Scrúdaigh sí na huimhreacha go práinneach go
bhfuair sí an uimhir a bhí á lorg aici; Tomás
Mac Uidhir, an Sáirsint áitiúil. Agus é ag

diailiú thug sí faoi deara go raibh a lámh ar crith.

Fear caoin, cineálta ab ea an Sáirsint Tomás Mag Uidhir. Ní raibh sé mórán níos sine le breathnú ná go leor eile de na Gardaí cé go raibh breis agus tríocha bliain curtha isteach aige sa tseirbhís. Ach bhí sé fós i mbun a chuid dualgas agus é chomh díograiseach céanna agus a bhí sé an chéad lá riamh. Ba mhór an t-athrú a bhí tagtha ar an saol le linn na mblianta sin, ar ndóigh. Go deimhin, nach raibh Garda óg sa stáisiún leis anois nach raibh ar an saol fiú nuair a thosaigh seisean? D'admhódh sé féin gur bheag a thuiscint ar ríomhairí ach bhí an-tuiscint aige ar dhaoine agus nuair a d'fhreagair sé an fón don bhanaltra an mhaidin sin, thuig sé ar an bpointe go raibh práinn ag baint leis an scéal a d'inis sí dó.

Níorbh fhada ina dhiaidh sin go raibh sé ag seasamh taobh amuigh den doras léi agus é ag dul tríd an bpróiseas ceannann céanna agus a rinne sí féin níos túisce ar maidin. Ach ba bheag fonn a bhí air fanacht timpeall ag glaoch ar dhuine nuair nach raibh an duine sin á fhreagairt.

'Tá faitíos orm go gcaithfimid dul isteach,' ar seisean.

'Tuigeann tú céard a chiallaíonn sé sin?'

'Tuigim,' ar sise go neirbhíseach.

'Seo linn, mar sin,' arsa an Sáirsint agus thosaigh sé ag scrúdú na fuinneoige tosaigh féachaint an mbeadh an laiste ar oscailt. Ní raibh.

'Tá go maith,' ar seisean agus shiúil sé ar ais go dtí an carr. Thóg sé maide gearr adhmaid as an mbúta agus ar ais leis chomh fada leis an bhfuinneog.

'Is finné oifigiúil tusa anois, a Eibhlín, go bhfuilimid ag briseadh isteach sa teach seo mar go bhfuil muid beirt in amhras faoi shábháilteacht Nóra. Tuigeann tú sin?'

'Tuigim,' arsa Eibhlín.

Ní túisce an focal ráite aici ná gur bhuail sé buille maith glan ar an ngloine in aice leis an laiste. Chuala sí na smidiríní beaga ag briseadh taobh istigh agus an chuid eile ar an gcosán taobh amuigh. Ach rith sé léi nár chuala sí aon tafann.

Cheana féin, bhí a lámh curtha isteach ag an Sáirsint agus an laiste casta aige. D'oscail sé an fhuinneog amach chuige féin gan aon stró agus ghlan sé na smidiríní beaga gloine a bhí tite ar leac na fuinneoige lena mhuinchille. Suas leis go haclaí ansin agus isteach leis.

'Scaoilfidh mé isteach thú,' a ghlaoigh sé ón taobh istigh agus i gceann cúpla soicind chuala

sí an doras á oscailt aige. Isteach léi gan mhoill
sa halla, í ag leanacht an tSáirsint a bhí ag siúl
roimpi cheana féin chomh fada leis an gcistin.
Ní raibh tada as bealach le feiceáil ansin ach
go raibh an bord leagtha don bhricfeasta,
bricfeasta nár itheadh.

Ní raibh duine ar bith sa seomra suite ach
oiread ach bhí an méid sin ar eolas aige ón
nóiméad a tháinig sé isteach tríd an
bhfuinneog. Bhí doras an tseomra folctha ar
leathoscailt agus é folamh freisin. Ní raibh
fágtha ach an seomra leapa…

Agus an hanla á chasadh ag an Sáirsint
mhothaigh an bhanaltra a croí ag preabadh le
himní, ach níor tada sin i gcomórtas leis an
ngeit a baineadh aisti nuair a chuaigh siad
isteach. Ina suí i lár an tseomra a bhí Nora Uí
Fhloinn, í ceangailte de chathaoir adhmaid
agus scaif snaidhmthe timpeall ar a béal.

Chorraigh sí beagán chomh luath agus a hosclaíodh an doras, rud a thug le fios go raibh sí beo ar a laghad. Ach bhí na súile ag seasamh ina cloigeann le teann faitís.

'Cuidigh liom anseo,' a deir an Sáirsint agus thosaigh sé ar an rópa a bhí ceangailte thart uirthi a scaoileadh.

'Go réidh anois, a Nóra,' a deir sé de ghlór cineálta, 'tá tú ceart go leor anois.'

Eibhlín a bhain an scaif dá béal. Chomh luath a rinne sí sin thosaigh an tseanbhean ar crith, agus chaith sí a dá lámh timpeall na banaltra mar a dhéanfadh páiste. D'fhan siad mar sin nóiméad nó dhó agus na deora leo beirt go dtí gur chiúnaigh an tseanbhean beagán.

'Céard a tharla duit, a Nóra?' a deir an Sáirsint ansin.

'Beirt fhear,' ar sise, 'beirt fhear. Tháinig

duine acu chuig an doras aréir; thart ar a naoi a bhí sé mar bhí mé ag féachaint ar an nuacht… agus nuair a d'fhiafraigh mé de cé a bhí ann, dúirt sé go raibh pacáiste aige dom ach go gcaithfinn páipéar éigin a shíniú. Ach chomh luath agus a d'oscail mé an doras…'

Stop sí agus tocht ina glór aici.

'Bhris siad isteach tharat?' arsa an Sáirsint.

'Díreach é. Cén chaoi a raibh a fhios agat?' arsa Nóra agus cineál iontais uirthi cé chomh géarchúiseach agus a bhí an garda.

'Féach, a Nóra, ní tusa an chéad duine ar tharla a leithéid di. Tá sé ag tarlú ar fud na háite thart anseo le roinnt seachtainí anuas.'

'Ach cé a dhéanfadh a leithéid?' arsa an bhanaltra.

'Ár gcairde sna jípeanna móra, ar ndóigh, lucht siúil, naicéirí, tincéirí, bíodh do rogha agat. Bíonn cuid acu ag taisteal amach as na bailte móra agus ag briseadh isteach ar sheandaoine ar nós Nóra anseo a chónaíonn leo féin. Déanann siad trí nó ceithre theach in aon oíche amháin agus bíonn siad i bhfad ón láthair faoin am a thagann a gcuid drochoibre chun solais.'

'Ach nach féidir libh rud éigin a dhéanamh faoi?'

'Ní féidir, mura bhfuil muid in ann breith orthu agus iad i mbun an ghnímh, rud atá fíor-dheacair.'

Lig an tseanbhean osna aisti a mheabhraigh don bhanaltra go gcaithfidís í a thabhairt go dtí an t-ospidéal. Gan a thuilleadh moille, thóg sí amach a fón póca agus dhiailigh sí an uimhir.

CAIBIDIL 4

SCOLÁIRE NUA

Maidin ghrianmhar amháin tuairim is trí
sheachtain tar éis do Mhícheál Mac
Donnchadha agus a chlann teacht go dtí an
suíomh sin gar do Bhaile na Leice, tháinig sé
gan choinne go doras na scoile ag fiafraí an
mbeadh cead isteach *ar feadh cúpla seachtain,
b'fhéidir,'* ag a iníon, Eilí. Ó tharla go
ndeachaigh pearsantacht agus dáiríreacht
Mhichíl Mhic Dhonnchadha go mór i
bhfeidhm ar an bPríomhoide, Bean Uí
Shúilleabháin, tugadh an cead sin di. Ba
chuimhin léi fós an comhrá neamhghnách a
bhí acu an lá sin…

'Níl léamh ná scríobh agamsa, a Mháistreás,'
a dúirt sé léi. Rinne sí suntas den téarma
seanfhaiseanta sin nach raibh cloiste aici le
fada ach níor dhúirt sí tada ach lig dó a scéal a
inseacht.

'Istigh leis an lucht taistil uilig a cuireadh

mé nuair a bhí mé ag dul chuig an scoil agus
le bheith fírinneach leat is beag a d'fhoghlaim
mé ann. Ní dóigh liomsa go bhfuil sé go
maith na gasúir de chuid an lucht taistil a chur
isteach i ranganna leo féin. B'fhearr iad a
bheith in éineacht leis na gnáthscoláirí, feictear
dom.'

'Chuile sheans go bhfuil an ceart agat ansin,
a Mhichíl,' a d'fhreagair an Príomhoide agus
iontas uirthi faoin méid a bhí ráite aige.
'Tógfaimid í ar chaoi ar bith, agus feicfimid
cén chaoi a n-éireoidh léi.'

'Go raibh céad maith agat, a Mháistreás,' ar
seisean.

'Ar mhiste leat mé a fhiafraí díot, an bhfuil
mórán páistí eile agaibh?' a deir an
Príomhoide.

'Leanbh amháin… Tomás,' a d'fhreagair sé
agus cineál cúthail ag teacht air, dar léi.

'Níl mé ach ag fiafraí, tá a fhios agat,' ar sise go leithscéalach.

'Tá a fhios agam sin, a Mháistreás,' ar seisean agus lean sé air ag míniú an scéil di ar nós dá mba fhaoiseamh dó é a inseacht do dhuine éigin. 'Nuair a rugadh Eilí, 'bhfuil a fhios agat, chuaigh an bhreith an-chrua ar mo bhean Brídín, agus is beag nár cailleadh í. Tugadh le fios dúinn go raibh damáiste déanta agus nach bhféadfadh sí páiste eile a bheith aici riamh arís ina dhiaidh sin agus ní raibh. Bhuel, go dtí bliain ó shin ar aon chaoi, nuair a fuair muid amach go raibh sí ag súil le Tomás, rud a chuir iontas orainne agus ar chuile dhuine go deimhin, idir dhochtúirí agus eile!'

Bhí sé ag labhairt i bhfad níos oscailte agus níos éadroime anois agus bhí pléisiúr éigin le brath ar a ghlór agus é ag cur síos ar an

míorúilt a tharla dó féin agus dá bhean nuair a
bhronn Dia mac orthu an bhliain roimhe.

'Agus ar ndóigh, bhí áthas ollmhór ar Eilí
nuair a rugadh a deartháir. Ní gnách don
phobal s'againne na clanna beaga nua-
aimseartha seo, tá a fhios agat?'

'Tá a fhios, go deimhin,' a deir an
Príomhoide agus meangadh gáire ar a béal.
'Ach cén chaoi ar tharla sibh a bheith anseo?
Ní as an taobh seo tíre sibh, is dóigh liom.'

'Tá an ceart agat, a Mháistreás. Inseoidh mé
duit. I Maigh Eo a rugadh mise an chéad lá
riamh, ach is ar an mbóthar a chaith mé an
chuid is mó de m'óige go dtí go bhfuair muid
teach ar imeall na cathrach. Go deimhin féin,
ní teach a bhí ann dáiríre ach *tigín* mar a
thugtaí orthu ag an am. Cineál teachín beag ar
shuíomh le cuid eile den lucht taistil a bhí
ann, ach bhí leithris agus aibhléis agus mar sin

de ann agus ní raibh sé ró-dhona, is dócha.
Ach níor thaitin sé mórán le m'athair agus
d'imíodh sé go minic ag taisteal sa chaoi 's
nach mbeadh air fanacht ann.'

'Tuigim,' a deir an Príomhoide, agus iontas
uirthi chomh maith agus a bhí an fear seo in
ann a scéal a inseacht. 'Ach sibhse, céard a
thug anseo sibh?'

'Bhuel, bhí rudaí ina gcíor thuathail beagán
sa chlann le tamall. Gabhadh deartháir liom
cúpla mí ó shin agus fuair muid amach go
raibh sé ag plé leis na mangairí drugaí sa
chathair. Tá cuid den ghlúin óg s'againne ag
dul an bealach sin le cúpla bliain anuas, bhfuil
a fhios agat?'

'Tuige?'

'Airgead, a Mháistreás, tá airgead ollmhór
san obair sin agus más duine óg thú atá gan
obair gan oideachas ná tada, céard atá le

cailliúint agat?'

'Ach do shaol iomlán?'

'Díreach é, ach níl duine ar bith in ann suí síos leo chun iad a choinneáil ar bhóthar a leasa. Is mór idir an dól agus na mílte sciobtha atá sna drugaí, tá a fhios agat. Ach idir iad a bheith á ndíol 's á dtógáil tá cuid mhaith dár ndaoine óga scriosta acu le tamaillín. Uaireanta, bím ag breathnú ar Eilí s'agamsa agus na gasúir bheaga eile dá haois agus tagann imní orm. Imní agus fearg…'

Ba léir don mhúinteoir é a bheith corraithe beagán agus bhí tost ann ar feadh nóiméid sular lean sé dá scéal.

'Ar chaoi ar bith, dúirt mé go dtógfainn Eilí agus Brídín liom síos faoin tír ar feadh scaithimh, féachaint an mbeadh tada níos fearr ann dúinn. Bhí mé ag iarraidh cuid den seanshaol a bhlaiseadh arís, ar aon nós…'

'Tuigim sin, is dócha.'

'Níor phós mise go dtí go raibh mé go maith anonn sna fichidí. Bhuel, le bheith fírinneach leat, bhí mé geallta le cailín nuair a bhí mé ocht mbliana déag ach…' Stop sé agus éadan an mhúinteora á scrúdú aige.

D'airigh sí mar a mbeadh doicheall éigin ag teacht air.

'Ar tharla rud éigin nár phós sibh?' ar sise.

'Tharla. Maraíodh í maidin amháin ag tiománaí nár stop agus í ag trasnú an bhóthair ón leantóir le dul síos chuig an siopa. Fuair na gardaí amach cé a rinne é ar deireadh ach is leaid óg a bhí ann, a bhí ar tí dul isteach sna Gardaí é féin, mac le fear gnó mór i lár na tíre.'

Tháinig tocht ina ghlór ach lean sé air.

'Ba é críoch an scéil, ar aon chaoi, gur dearnadh beag is fiú de agus gur ligeadh isteach é sé mhí ina dhiaidh sin.'

"Muise?' a deir an Príomhoide.

'Thug an Ceannfort áitiúil fianaise leis an gCoiste Cróinéara go raibh ceobhrán trom ann an mhaidin sin agus go raibh seans maith ann nár airigh an leaid go raibh duine ar bith buailte aige. Níor dearnadh mórán damáiste don charr agus dúradh gur chruthaigh sin nach raibh ann ach buille beag a leag í, agus gurbh é a mharaigh í ná gur bhuail a ceann in aghaidh an chosáin. Tuigeann tú féin mar a n-oibríonn na rudaí seo, is dócha?'

'Tuigim, is dócha. Féach, tá brón orm…'

'Ná bíodh. Cuid den stair anois é. Phós mé cailín álainn eile ó shin, sin Brídín, tá a fhios agat, agus tá muid sona go maith, buíochas le Dia.'

'Is maith sin,' a deir sise. 'Féach, a Mhichíl, tá sé ina raic istigh sa rang. Caithfidh mé dul isteach chucu. Ach beir leat Eilí maidin amárach, ag a naoi, abair, agus déanfaimid í a shocrú isteach.'

'Béarfaidh, go raibh maith agat, a Mháistreás,' ar seisean agus thiontaigh sé i dtreo an gheata. Feicfidh mé ansin thú. Slán.'

'Slán leat,' ar sise. D'fhan sí gur tharraing sé an geata ina dhiaidh agus isteach léi chun an gleo a smachtú.

CAIBIDIL 5

NA PRÉACHÁIN

'Nóirín Ní Riain.'

'Anseo.'

'Caitríona de Búrca.'

'Anseo.'

An mhaidin dár gcionn i Scoil Náisiúnta Bhaile na Leice bhí an rolla á ghlaoch agus an múinteoir beagnach tagtha go deireadh liosta na gcailíní.

'Niamh Ní Mhurchú.'

'Anseo.'

'Agus… Eilí Nic Dhonnachadha?'

Bhí ciúnas sa rang.

'Eilí?'

Ní raibh aon fhreagra fós ach chas gach cloigeann sa seomra le breathnú ar an scoláire nua.

'Anseo, a mhúinteoir,' a d'fhreagair Niamh Ní Mhurchú, a bhí ina suí taobh léi agus aoibh an gháire uirthi.

'Go raibh maith agat, a Niamh,' a deir an múinteoir agus an rolla á dhúnadh aici. Bhain sí di a spéaclaí léitheoireachta sular lean sí ar aghaidh. 'Bhuel, a pháistí, ba mhaith liom go gcuirfeadh sibh fáilte roimh ár scoláire nua, Eilí anseo. Is as Baile Átha Cliath di ach beidh sí ag fanacht anseo ar feadh tamaillín, nach mbeidh, a Eilí?'

'Beidh,' a d'fhreagair an cailín go cúthaileach.

'Tá súil agam go mbeidh gach duine deas, cairdiúil le hEilí agus go ndéanfaimid ár ndícheall í a chur ar a suaimhneas. Ná déanaimis dearmad, a pháistí, go mbíonn sé deacair ar aon duine dul isteach i scoil nua don chéad uair agus mar sin beidh mé ag súil le hiarracht speisialta ó gach éinne fáilte a chur roimh Eilí. Ceart go leor?'

'Ceart go leor, a mhúinteoir,' arsa na scoláirí

d'aon ghuth agus thosaigh siad ag bualadh bos. D'iarr an múinteoir ansin orthu a gcóipleabhair scríbhneoireachta a thógáil amach, rud a rinne siad. Agus nuair a thug Niamh faoi deara nach raibh aon bhior ar pheann luaidhe Eilí, thóg sí amach a biorthóir féin agus chuir bior air gan mhoill di. Bhí áthas an domhain ar Eilí faoi sin. Bhí cailín deas ag suí léi agus b'fhéidir nach mbeadh cúrsaí ró-dhona sa scoil nua seo…

Bhí áthas ar an múinteoir freisin, nuair a chonaic sí chomh maith agus a bhí Eilí ag an scríbhneoireacht agus ag an léitheoireacht. Go deimhin féin, bhí sí chomh maith nó níos fearr ná cuid mhaith de na scoláirí eile sa rang.

'Cén chaoi ar tharla sé go bhfuil an scríbhneoireacht chomh deas sin agat, a Eilí?' ar sise nuair a tháinig sí timpeall ar ball ag scrúdú na gcóipleabhar.

'Bhuel, an tSiúir Bríd, tá a fhios agat. Bhí sí mar mhúinteoir speisialta don lucht taistil againn i mo scoil eile agus rinne sí go leor rudaí linn…'

'M'anam, go ndearna, a Eilí,' a deir an múinteoir go cineálta, ' bhí an t-ádh leat go raibh múinteoir maith mar sin agat, feictear dom.'

'Bhí,' a deir Eilí agus na deora ag teacht ina súile, 'airím uaim í uaireanta.'

'Tuigim duit, a Eilí,' a deir an múinteoir, 'ach tá mé cinnte go bhfeicfidh tú arís go luath í.'

D'fhéach sé ar a huaireadóir. 'Sílim go bhfuil sé in am lóin anois, a pháistí. Seasaigí…'

Ba ghearr gur phléasc na scoláirí amach sa chlós ina sruth glórach, sceitimíneach. Am lóin a bhí ann go deimhin i Scoil Náisiúnta

Bhaile na Leice, agus bhí gliondar croí na
scoláirí le cloisteáil i gcéin is i gcóngar.
D'fhan an múinteoir soicind nó dhó ag an
bhfuinneog ag faire ar an gcailín nua. Bhí
Niamh ina teannta agus iad ag siúl timpeall go
sásta le chéile.

* * * * * *

Ba é an chéad rud a thug Eilí faoi deara ina
scoil nua ná na préacháin. Chomh luath agus
a bheadh deireadh ag teacht le ham lóin agus a
bhuailfeadh cloigín na scoile, thosódh na
préacháin ag cur gothaí orthu féin, iad ag
cruinniú le chéile ar na sceacha agus ar na
sreanga teileafóin thart timpeall. Lá i ndiaidh
lae, ba é an scéal céanna é. Bhí tuiscint na
nglúnta acu ar céard a chiallaigh an cloigín sin
dóibh!

'Tá na diabhail sin chomh glic leis an
sionnach,' a deir sí os ard léi féin agus í ag

breathnú orthu lá.

'Cé hiad féin?' a deir Niamh, a bhí ina dlúthchara léi faoi seo.

'Na préacháin sin,' a deir Eilí, 'nach bhfeiceann tú an cleas atá acu. Tá a fhios acu go díreach an t-am le bheith anseo chun chuile ghiota beag aráin agus eile a sciobadh leo as an gclós.'

'Caithfidh mé a rá nár smaoinigh mé riamh air sin, a Eilí,' arsa Niamh agus í ag gáire, 'ach tá an ceart agat, ar ndóigh. Ach féach, nach maith ann iad chun an áit a choinneáil glan agus néata?'

'Is maith,' a deir Eilí, 'ach bheidís níos fearr fós dá dtógfaidís na páipéir agus an chuid eile den bhruscar leo freisin!'

Thosaigh Niamh ag scairteadh gáire.

'Caithfimid féin é sin a dhéanamh, is dócha,' ar sise.

'Meas tú an mbíonn siad anseo ar an Satharn agus ar an Domhnach?' arsa Eilí.

'Níl a fhios agam,' a deir Niamh, 'ach nach cuma?'

'Is cuma, is dócha,' arsa Eilí, 'ach bheadh sé an-éasca a fháil amach…'

'Ach ní bhíonn muid ar scoil na laethanta sin.'

'Ní bhíonn, ach bheadh sé an-éasca teacht agus a fháil amach, nach mbeadh?'

'Bhfuil tú dáiríre?'

'Tá mé lán-dáiríre. Bheinn in ann an scéal a inseacht do mo sheanathair ansin, an chéad uair eile a fheicfeas mé é.'

Ag breathnú di ar a cara ba léir do Eilí go raibh Niamh í féin ag éirí tógtha leis an smaoineamh ach bhí cloigín na scoile á bhualadh anois agus é in am dóibh a bheith ag dul isteach. Seans gurbh é sin a chuidigh le

Niamh a hintinn a dhéanamh suas.

'Féach,' ar sise, 'amárach an Satharn.
Bualfaidh mé leat ag an droichead ar a dó
dhéag. Tig linn teacht anseo agus a fháil
amach dúinn féin céard a tharlaíonn. Do
bharúil?'

'Go hiontach,' arsa Eilí, 'beidh sé sin go
hiontach. Ag a dó dhéag mar sin?'

'Ag a dó dhéag,' arsa Niamh.

Bhuail siad isteach an doras le chéile ansin
agus an chuid eile de na scoláirí leo. Ní túisce
an doras dúnta ina ndiaidh ná gur thuirling na
préacháin go cíocrach ina scamall dubh ar an
gclós.

CAIBIDIL 6

NÓTA

'*Tá nóta agam.*'

Níor chuala Máirín Uí Mhurchú glór íseal a hiníne i gceart mar go raibh sí ag éisteacht leis an raidió agus na soithí á ní aici ag an doirteal; scéal mór an lae ar an nuacht áitiúil faoi sheanbhean bhocht a ceanglaíodh suas ina teach féin. Ní hamháin sin ach gur scriosadh an áit uilig agus na creachadóirí sa tóir ar a cuid airgid. Agus mar bharr donais ar an scéal gur maraíodh a madra beag…

'Muise, Dia dá réiteach,' arsa Bean Uí Mhurchú sular chuimhnigh sí ar a hiníon.

'Gabh mo leithscéal, a stór,' ar sise agus an raidió á ísliú aici. 'Céard a dúirt tú?'

'Nóta,' arsa an cailín arís de mhonabhar, 'tá nóta agam ón scoil.'

'Nóta?' arsa an mháthair, 'céard faoi? Ná habair go bhfuil na múinteoirí sin ag tógáil lá saoire eile. An ndéanann siad oiread agus seachtain amháin oibre gan...'

'Ba mhaith leis an múinteoir tú a fheiceáil amárach.'

Chuir sé sin sórt iontais uirthi, Niamh ag briseadh isteach uirthi mar sin.

Scrúdaigh sí éadan a hiníne go géar.

'An ndearna tú rud éigin as bealach?'

'Ní dhearna.'

'Bhuel, céard tá cearr mar sin? An é go gceapann siad nach bhfuil tada eile le déanamh againn ach a bheith ag traeipseáil isteach sa scoil sin gach ré lá? Cá bhfuil sé ar aon nós?'

'Céard?'

'Tá a fhios agat go maith céard. An nóta. Tóg amach go beo é.'

Chrom Niamh chomh fada lena mála scoile.

Rinne sí roinnt útamála gur aimsigh sí an nóta, é fillte agus bataráilte de bharr an turais abhaile sa mhála.

'Seo dhuit,' ar sise agus shín chuici é.

Scrúdaigh a máthair go géar é.

'A deich a chlog amárach...' ar sise os ard.

'Is ea,' arsa Niamh, 'a deich a chlog.'

Sheas sí go tobann agus d'imigh sí i dtreo a seomra leapan.

'Oíche mhaith, a Mhamaí,' ar sise.

D'fhéach an mháthair ina diaidh nóiméad agus ansin scrúdaigh sí an nóta in athuair. Lámhscríofa i bpeann dearg ar a bharr bhí an focal 'práinneach'.

* * * * * *

Agus í ar a bealach abhaile sa charr i ndiaidh an chruinnithe, rinne Máirín Uí Mhurchú tréaniarracht dul siar ina hintinn ar gach a dúradh léi. Ní fhéadfadh sé chuile fhocal a thabhairt chun cuimhne ar ndóigh, ach bhí línte agus abairtí áirithe a sheas amach agus a

bhí ag dul timpeall ina cloigeann i gcónaí. Ach
bhí sí ag iarraidh eagar éigin a chur ar an
gcuid is mó de sa chaoi is go mbeadh sí in ann
an scéal a insint dá fear chéile, Breandán,
nuair a ghlaofadh sé as Meiriceá an oíche sin.
Is ag amanta mar seo a d'airigh sí uaithi go
mór é, ach b'éigean dó fanacht ann nuair a
d'fhill sí féin agus Niamh, roinnt bhlianta ó
shin chun aire a thabhairt don ghnó tógála
mór sin a bhí aige i Nua Eabhrac...

'Ar mhiste leat teacht chomh fada leis an
oifig?' a dúirt Bean Ui Shúilleabháin nuair a
bhuail sí léi ag an doras. 'Beidh sé níos
compordaí ansin agus teastaíonn
príobháideachas freisin, nach dteastaíonn?'

'Teastaíonn, is dócha,' arsa an mháthair agus
thosaigh siad ag gluaiseacht leo síos an
pasáiste. Bhain sála a cuid bróg macalla
aisteach as an dorchla agus iad ag dul thar na

seomraí ranga. D'airigh sí dánta...táblaí...
amhráin... fuaimeanna a thug siar í go
laethanta a hóige féin. Nuair a bhain siad
amach oifig an phríomhoide, ní raibh duine ar
bith istigh ann agus d'fhan Máirín ina
seasamh ag an doras.

'Ar mhaith leat dul isteach, a Mháirín?" arsa
an múinteoir go dea-bhéasach, agus lámh léi
sínte i dtreo an dorais oscailte.

'Go… go raibh maith agat,' arsa Máirín
agus isteach léi.

'Suigh síos, a Mháirín,' arsa an Príomhoide
agus í ag tarraingt chuici a cathaoir féin.

Shuigh Máirín. Ar chúis éigin mhothaigh sí
imní ag teacht uirthi.

'Anois,' arsa an Príomhoide, agus í ag socrú
a spéaclaí órga léitheoireachta ar a srón agus ag
leathadh cúpla comhad ar an deasc os a
comhair amach, 'Cá dtosóidh mé? Is dócha go

dtuigeann tú cén fáth ar chuir mé fios ort, a Mháirín?'

'Bhuel, le bheith fírinneach leat, níl tuairim agam,' a d'fhreagair an mháthair. Faoin am seo bhí a cuid fiosrachta ag fáil an láimh in uachtar ar a cuid imní.

'Tá a fhios agat, is dócha, go bhfuil fadhbanna áirithe sa cheantar seo le tamall anuas leis an lucht siúil?' arsa an Príomhoide.

'An lucht siúil?'

'Bhuel, le cuid acu, ar aon nós,' arsa an Príomhoide.

'Chuala mé cúpla rud, ceart go leor,' arsa Máirín, 'ach cén bhaint atá aige sin liomsa?'

'Bhuel, ní bhaineann sé leatsa go díreach, a Mháirín, is fíor sin, ach… baineann sé le d'iníon, Niamh.'

'Le Niamh? Céard tá tú a rá?' arsa Máirín agus iontas uirthi.

'Tarlaíonn sé go bhfuil cailín de chuid an lucht siúil ina rang anseo i Scoil Bhríde.'

'Agus…?'

'Agus tá Niamh éirithe an-chairdiúil leis an gcailín áirithe seo.'

'An bhfuil, muise? Bhuel, ní fheicim tada cearr leis sin.'

'Níl aon duine a rá go bhfuil, ach níl sé chomh simplí sin…'

'Céard atá i gceist agat?'

'Bhuel, sé an chaoi a bhfuil sé ná go bhfuil Niamh ag caitheamh an-chuid ama ar fad leis an gcailín seo sa scoil anseo agus taobh amuigh di. Agus táimid beagáinín buartha faoi…'

'Buartha? Buartha faoi céard?'

'Bhuel, feictear dúinn nach bhfuil sí in éineacht leis na scoláirí eile chomh minic is a bhíodh. Níor mhaith linn go mbeadh sí scartha amach ón gcuid eile, tuigeann tú?'

'Tuigim, ach ní dóigh liom go dtarlóidh sé sin. Níl ann ach ceann de na cairdis sin a thagann agus a imíonn le cailíní óga.'

'B'fhéidir go bhfuil an ceart agat, a Mháirín ach le tamaillín anuas measaim go bhfuil a cuid oibre scoile thíos leis chomh maith.'

Má baineadh siar as Máirín Uí Mhurchú níor lig sí tada uirthi.

'Féachfaidh mé chuige nach dtitfidh sí siar ina cuid oibre ach tá a fhios agamsa le tamall go bhfuil sí cairdiúil leis an Eilí seo. Go deimhin, thug sí ar cuairt í chuig an teach an lá cheana.'

'Ar thug?' arsa an Príomhoide agus iontas uirthi.

'Thug, agus le bheith fírinneach leat, a Bhean Uí Shúilleabháin, is fada ó bhuail mé le cailín chomh dea-bhéasach, cairdiúil léi.'

'Tá a fhios agam sin, a Mháirín, is cailín deas í go deimhin. Níl ann ach gur shíl mé gur cheart tú a chur ar an eolas maidir leis an méid a fheicim anseo sa scoil.'

'Go raibh maith agat, a Bhean Uí Shúilleabháin. Tuigim an rud atá á rá agat, ach ní gá duit a bheith buartha. Labhróidh mé le Niamh agus déarfaidh mé léi gan dearmad a dhéanamh ar a cairde eile… agus tig leat glacadh leis nach mbeidh aon dul ar gcúl ina cuid oibre.'

Sheas an Príomhoide.

'Ceart go leor mar sin, a Mháirín, ní dóigh liom go raibh aon rud eile…'

B'shin mar a chríochnaigh sé. Sheas Máirín agus chroith sí láimh leis an bPríomhoide. An chéad rud eile bhí sí ag tiomáint abhaile gan aon chuimhne aici ar dhul isteach sa charr, ach í ag iarraidh ciall éigin a bhaint as an méid a

dúradh léi agus na smaointe a bhí ag dul
timpeall ina cloigeann.

Nuair a chas sí air an raidió bhí an nuacht
áitiúil díreach ag críochnú…

'…*Tionólfar cruinniú poiblí anocht i Halla
an Phobail i mBaile na Leice chun ceist na
coiriúlachta sa cheantar sin le tamall a phlé.
Tuigtear go mbeidh polaiteoirí áitiúla agus lucht
gnó i láthair. Agus ar deireadh, an aimsir…*'

CAIBIDIL 7

AN CRUINNIÚ POIBLÍ

I Halla an Bhaile a bhí an cruinniú poiblí.

Bhí an Comhairleoir Séamus P. Ó Móráin
ina sheasamh ag an doras ag cur fáilte roimh
chuile dhuine agus iad ag dul isteach. 'Bail ó
Dhia ort, a Bhean Uí Uigínn. Agus cén chaoi
bhfuil do chorróg anois?' 'Fáilte romhat, a
Phádraig. Cogar, an bhfuil biseach ag teacht ar
do bhean?' agus mar sin de. Bhí an oiread sin
eolais aige faoi ghnóthaí agus shláinte gach
duine a shiúil isteach, is go gceapfadh duine
go mba é an dochtúir áitiúil é freisin!

Faoina naoi a chlog bhí an halla lán. D'fhan
an Comhairleoir Ó Móráin tamaillín beag eile
ag an doras go dtí go raibh sé cinnte nach
raibh duine ar bith eile ag teacht. Ansin
bhailigh sé a mhála leathair oifigiúil a bhí
fágtha taobh thiar den doras aige, agus ghluais
sé suas an halla i dtreo an stáitse agus a
chloigeann san aer aige. Ní bheadh amhras ar

bith ar éinne sa halla sin gurbh eisean, agus eisean amháin a bhí i gceannas na hócáide seo.

Diarmuid Mac an Fhailí, Cathaoirleach an Chumainn Gnó, a bhí roghnaithe le tús a chur leis an gcruinniú ach ba léir óna ghlór go raibh sé beagáinín neirbhíseach. 'B- bail ó Dhia oraibh go léir, a chairde agus… agus bhur gcéad fáilte go dtí an cruinniú tábhachtach seo. Chun tús a chur leis an oíche, ba mhaith liom go gcuirfeadh sibh fáilte roimh aoi-chaointeoir na hoíche anocht, an Comhairleoir Séamus P. Ó Móráin, fear a tháinig abhaile ó chruinniú gnó an-tábhachtach i mBaile Átha Cliath le bheith inár measc.'

Sheas an Móránach suas go mall réidh le seans a thabhairt don lucht féachana a gcuid bualadh bos a chríochnú. Dhírigh sé é féin ansin os comhair an mhicreafóin, d'fhan

soicind nó dhó go mbeadh cluas le héisteacht
ar chách, agus thosaigh sé ag caint go mall
staidéartha.

'Máistir é seo ar an drámaíocht,' arsa an
Sagart Paróiste os íseal leis an Sáirsint, a bhí
díreach ina aice leis, 'máistir críochnaithe.'

'D'fhéadfá a rá,' a d'fhreagair an Sáirsint
agus súil á chaitheamh timpeall aige ar fhaitíos
go dtabharfaí faoi deara go raibh aon cheo
diúltach á rá aige.

'Tá a fhios againn ar fad, ar ndóigh, cén fáth
a bhfuilimid bailithe anseo anocht,' a deir an
Móránach agus a súile dírithe ar spota éigin go
hard i gcúl an halla.

'Ní gá a rá gur chúis mhór imní domsa agus
do gach duine sibhialta sa cheantar seo na
rudaí atá ag tarlú inár measc le tamall anuas.
Go deimhin, cruthaíonn an slua breá atá
cruinnithe anseo anocht an méid sin gan

dabht ar bith.'

D'fhan sé nóiméad le go dtuigfeadh a lucht éisteachta go raibh siad i gcomhpháirt lena gComhairleoir san obair thábhachtach a bhí ar siúl aige. Choinnigh sé air ansin.

'Ach, a chairde, sula dtéimid níos faide, bímís soiléir faoi rud amháin. Níl ag teastáil ó mhuintir shíochánta Bhaile na Leice ach dul ar aghaidh lenár gcuid gnóthaí laethúla gan bac ná cur isteach ó aon duine, go háirithe ó dhaoine a thagann anseo faoi choim na hoíche agus a thosaíonn trioblóid a luaithe agus a thagann siad.'

Thosaigh corrdhuine ag bualadh bos ach lean sé air.

'Tá a fhios ag chuile dhuine againn sa halla seo anocht cé as a dtagann na bligeáird a rinne na gníomhartha gránna sin inár measc le tamall anuas agus tá an t-am tagtha anois chun deireadh a chur leis.'

Tharraing an ráiteas sin bualadh bos mór.

'Caithfimid a bheith réalaíoch faoi seo… tá
nósanna agus cultúr dár gcuid féin againne
mar phobal anseo i mBaile na Leice agus i
ngach baile mar é ar fud na tíre seo. Agus ar
an gcaoi chéanna tá cultúr ar leith ag… ag na
daoine seo - an lucht siúil atá i gceist agam –
cultúr nó bealach imeachta atá éagsúil go huile
is go hiomlán leis an gcultúr s'againne.'

Stop sé nóiméad, é ag scrúdú an lucht
féachana thar a spéaclaí, mar a dhéanfadh
múinteoir, lena chinntiú go raibh chuile
dhuine ag éisteacht leis. Lean sé air go
tomhaiste ansin.

'Is dóigh liomsa gur cheart freastal a
dhéanamh ar na daoine seo ina bpobail féin
sna cathracha agus ar láithreáin speisialta.
D'aontódh chuile dhuine leis sin. Ach toisc go

bhfuil a fhios againn uilig nach féidir leosan glacadh le nósanna agus luachanna an phobail socraithe, is léir nár cheart go mbeadh siad ina gcónaí i mbailte beaga tuaithe agus ag freastal ar scoileanna beaga nach féidir seirbhísí cuí a chur ar fáil dóibh. Dáiríre píre, tá sé soiléir nach é seo an áit do dhream ar bith mar seo. Go deimhin féin, sílim go bhféadfá a rá go bhfuil cearta na ndaoine seo á gceilt orthu in áiteanna beaga mar seo… Ar cheart, mar shampla, go mbeidís ag cur fúthu i gcarbháin ar thaobh an bhóthair? Ní dóigh liom é.'

'Cliste,' arsa an sagart i gcogar leis an Sáirsint, 'an-chliste.'

CAIBIDIL 8

GLÓRTHA GARBHA

Bhí Eilí ag rith.

Ní raibh a fhios aici cén fáth ná cén uair a thosaigh sí ag rith, ach amháin go raibh imní an-mhór uirthi. Mhothaigh sí a croí ag preabadh ina cliabhrach agus an brú anála a bhí ag géarú uirthi i rith an ama. B'aisteach léi freisin nach raibh sí in ann a cosa a aireachtáil ag bualadh go rithimeach ar an mbóthar fúithi ach caithfidh go raibh, nó ní bheadh sí in ann rith…

Is ansin a tháinig an chéad tuiscint chuici. Bhí glórtha le cloisteáil áit éigin taobh thiar di; glórtha garbha, bagracha mar a bheadh slua feargach sa tóir uirthi. Mhéadaigh an imní a bhí uirthi agus lean sí uirthi ar a dícheall cé nach raibh a fhios aici cá raibh a triail…

Bhí Eilí in ann focail áirithe a dhéanamh amach anois; focail ghránna, mhaslacha a chloiseadh sí ó dhaoine sna bailte móra ó am

go chéile; focail a bhain léise agus lena cineál
agus a chuir uafás uirthi. Chaithfeadh sí
teitheadh ó na focail sin agus ó na daoine
dorcha, dainséireacha sin a bhí á scairteadh
léi… chaithfeadh sí rith.

Ansin ar an mbóthar amach roimpi chonaic
sí carbhán seanfhaiseanta ar nós an chinn a
bhíodh ag a seanathair fadó. Bhí an carbhán
ag gluaiseacht go mall os a comhair, é ag
imeacht sa treo céanna léi féin. Go tobann
osclaíodh doras cúil an charbháin agus cé a
d'fheicfeadh sí ach a seanathair, agus aoibh an
gháire air. Daideo! Ba é a bhí ann go cinnte.
Bhí sí in ann é a chloisteáil go soiléir, é ag
glaoch uirthi go cineálta agus a dhá láimh á
síneadh amach aige ina treo.

'Tar uait, a Eilí. Tar uait!'

De réir a chéile bhí sí ag druidim níos gaire
agus níos gaire dó. Le tréaniarracht amháin

eile d'éirigh léi gluaiseacht chomh fada le cúl
an charbháin. Soicind amháin eile agus
bheadh greim láimhe aici ar a seanathair. Ach
díreach agus í á síneadh féin chuige,
mhéadaigh ar luas an charbháin agus d'imigh
sé go gasta as a radharc.

Stad Eilí ina haonar i lár an bhóthair agus í
scriosta. Céard a dhéanfadh sí anois? Ansin,
gan choinne, mhothaigh sí mearbhall aisteach
agus scanradh croí ag teacht uirthi agus na
cosa ag imeacht uaithi. Ar feadh soicind nó
dhó d'airigh sí an talamh ag teacht aníos
chuici sular thit sí i bhfanntais ar an mbóthar.
Bhí na glórtha garbha beagnach lena taobh
anois agus na maslaí gránna ag bualadh gan
trócaire ina cloigeann. Luigh sí ansin agus
uafás uirthi. D'airigh sí a croí ag preabadh ina
cliabhrach. Caithfidh go rabhadar in ann é a
chloisteáil! Lig sí scréach fhaiteach uafáis aisti

agus rinne cnap di féin ar an talamh fuar, agus
í ag fanacht leis an deireadh…

'An gcloiseann tú mé?'

Shíl Eilí go raibh duine éigin ag caint léi ach
ní raibh sí cinnte. B'fhéidir gur á shamhlú a
bhí sí… Ní raibh sí cinnte an beo nó marbh a
bhí sí ach bhí sé ró-phianmhar a súile a oscailt.

'A Eilí, an gcloiseann tú mé?'

Ní raibh dabht ar bith faoi an uair seo.
Duine éigin taobh léi a bhí ag caint. Glór
séimh mná… Ach ní fhéadfadh Eilí í a
fhreagairt. Bhí sí báite leis an allas agus bhí
pian uafásach ina cloigeann. Lig sí osna.

'Uuh…'

'Go réidh anois,' a deir an glór léi go
cineálta. 'Tá tú slán anois.'

Mhothaigh sí a héadan á ghlanadh le
héadach bog, fuar agus ba mhór an faoiseamh
di an méid sin. D'airigh sí an imní anois sa

ghlór taobh léi.

'A Eilí, a Eilí, a chroí, céard atá ort in ainm Dé? Dúisigh a leana, dúisigh adeirim.'

Chorraigh Eilí í féin. D'aithin sí an glór práinneach sin, glór cineálta a máthar. Bhí mearbhall ceart uirthi anois. Céard a bhí ag tarlú di?

'Tá sé ceart go leor anois, a stóirín,' bhí a máthair á rá léi agus í á fáisceadh aici féin. 'Ní raibh ann ach drochbhrionglóid, a pheata. Drochbhrionglóid, sin an méid. Téir ar ais a chodladh anois, a chroí. Tá tú ceart go leor anois.'

Luigh Eilí siar ar an bpiliúir agus phóg a máthair a héadan. Dhún sí a súile agus de réir a chéile thit a codladh uirthi. Ach áit éigin ina hintinn, mhothaigh sí go raibh sí in ann macallaí na nglórtha gránna sin a chloisteáil i gcónaí.

CAIBIDIL 9

'STRAINSÉIRÍ'

Ag a dó dhéag a chlog bhí Eilí ag fanacht ag
an seandroichead ar imeall na coille. Bhí sí
gléasta ina gúna nua samhraidh a cheannaigh a
máthair di i mBaile Átha Luain nuair a thaistil
siad tríd, tuairim is mí ó shin. Bhí a cuid
gruaige fhada rua cóirithe go hálainn agus
ribín gorm inti. Bhí sí ar bís.

Agus tuige nach mbeadh? Nach raibh sí ag
bualadh lena cara…

'A dó dhéag a chlog,' a dúirt Niamh léi.

'Beidh mé ann ag a dó dhéag a chlog.'

Ach anois bhí sé fiche tar éis agus ní raibh
tásc ná tuairisc fós uirthi. De réir a chéile bhí
a cuid éadóchais ag méadú. B'fhéidir nach
dtiocfadh sí… Bhí sí *cinnte* nach dtiocfadh
sí…

Ansin chonaic sí ag teacht í… a cara Niamh
agus í ag rothaíocht ar a dícheall! Tharraing
Niamh isteach ar an bhféar in aice le hEilí

agus d'fhág an rothar ar an bhféar cois claí.

'Bhí mé a' ceapadh nach raibh tú ag teacht.'

'An raibh anois, agus cén fáth sin?' arsa
Niamh agus an t-allas á ghlanadh dá héadan
aici.

'Níl a fhios agam. Shíl mé b'fhéidir go raibh
do mháthair tar éis thú a choinneáil sa bhaile.'

D'fhéach Niamh uirthi.

'Ach cén fáth a ndéanfadh sí sin?'

'Bhucl, mar gheall ormsa. An cineál duine
atá ionam… duine den lucht taistil, an
dtuigeann tú?'

Rinne Niamh gáire beag.

'Féach, a Eilí, is cuma liomsa faoi sin.
Caithfidh tú dearmad a dhéanamh ar an
gcineál sin cainte. Chomh fada agus a
bhaineann sé liomsa níl difríocht ar bith idir
thusa agus cailín ar bith eile agus is cara
liomsa thú.'

Gheal éadan Eilí agus tharraing sí i dtreo an chailín eile.

'Bhfuil tú dáiríre faoi sin?'

'Tá mé lán-dáiríre faoi,' arsa Niamh. 'Agus caithfidh tú glacadh le m'fhocal faoi… Anois, cá rachaimid? Ar mhaith leat dul isteach sa bhaile mór nó siúil cois na habhann?'

'Cois na habhann, is dóigh liom,' a d'fhreagair Eilí. 'Ach nach bhfuil tú ag déanamh dearmad ar rud éigin?'

'Cén rud?'

'Cá, cá, cá!!!' arsa Eilí de ghlór ard, agus í ag caitheamh a lámha san aer mar a dhéanfadh duine creaiceáilte. 'Ár gcairde, na préacháin, ar ndóigh! Nach raibh muid chun cuairt a thabhairt orthu inniu?'

'Muise, bhí sé imithe glan as mo chloigeann,' arsa Niamh agus í ag gáire. 'Ach tig linn dul an bealach sin anois, más maith

leat, agus teacht ar ais arís bealach na
habhann.'

'Go breá ar fad,' arsa Eilí, 'tá an lá chomh
hálainn sin is gur trua gan taitneamh a bhaint
as.'

* * * * * *

'Féach na fáinleoga sin!'

Bhí sé uair an chloig níos deireanaí agus bhí
Eilí agus Niamh ina suí le chéile ar charraig
ard os cionn na habhann, míle go leith taobh
ó dheas den bhaile, tar éis dóibh a gcuairt
neamhghnách a thabhairt ar chlós na scoile.
Ba é toradh na cuairte sin nach raibh
préachán, dubh ná bán, le feiceáil in aon áit
agus gur aontaigh siad d'aonghuth go raibh an
chuma ar an scéal go raibh na préacháin
chéanna níos cliste ná na scoláirí iad féin!

Thíos fúthu bhí an Abhainn Rua ag rith léi
ina sruth agus fuaimeanna na tuaithe chuile áit

thart timpeall orthu. Bhí na héin agus na beacha ag dordán mar a bheadh fuaimrian scannáin ann agus na fáinleoga ag sciorradh suas síos dhá bhruach na habhann ar nós mar a bheidís ag iarraidh breith ar a chéile.

'Nach iontach chomh grástúil agus atá siad... ag eitilt leo mar sin ar fud na háite?' arsa Eilí.

'Is iontach go deimhin agus an oiread taistil agus a dhéanann siad le teacht anseo go hÉirinn sa chéad áit,' arsa Niamh.

D'fhéach sí ar Eilí. Bhí meangadh gáire tagtha ar a béal ar nós duine a bhí tar éis rud éigin greannmhar a thabhairt chun cuimhne.

'Cén fáth a bhfuil tú ag gáire?'

'Ó, ní tada é,' arsa Eilí agus cineál cúthail ag teacht uirthi anois.

'Inis dom.'

Luigh Eilí siar ar an gcarraig beagán agus

bhain cúpla nóinín ón gclaí sular fhreagair sí a cara.

'Tá mé ag smaoineamh ar rud éigin aisteach a dúirt mo sheanathair liom nuair a bhí mé an-bheag go deo.'

'Céard a dúirt sé?' arsa Niamh go fiosrach.

'Dúirt sé go bhfuil an lucht siúil cosúil leis na fáinleoga mar go mbíonn siad ag taisteal go síoraí seasta. Nach aisteach sin? Bíonn siad sa bhaile san Afraic agus sa bhaile in Éirinn ach ní féidir leo fanacht i gceachtar den dá áit. Ar bhealach éigin, is strainséirí iad, cuma cén áit a mbíonn siad.'

'Strainséirí?'

'Is ea, go deimhin,' arsa Eilí, 'strainséirí. Nach dtuigeann tú gur strainséirí sinne inár dtír féin?'

Faoin am seo ba léir di go raibh a cuid cainte ag cur iontais ar Niamh.

'Céard atá tú a rá?' ar sise.

'Smaoinigh. Tá go leor, leor daoine nach
mian leo sinne a fheiceáil i bhfoisceacht scread
asail dá mbaile, dá scoil nó áit ar bith i ngar
dóibh. Tá a fhios agat an rud a dúirt an
Comhairleoir Contae aréir.'

'Tá a fhios agamsa sin, a Eilí, ach níl chuile
dhuine mar sin.'

'Níl, ach tá go leor. Ar chaoi ar bith, sin an
chaoi a bhfuil sé leis an lucht siúil. Is linne
chuile áit ach ní linne áit ar bith. Nach
aisteach an rud é?'

'Is aisteach go deimhin,' arsa Niamh agus
meangadh gáire ag teacht ar a béal. 'Agus is
aisteach an cailín tusa, a Eilí Nic
Dhonnchadha! Bíonn tú ag smaoineamh i
gcónaí ar nós…'

'Ar nós?'

'Ar nós duine fásta!'

Chonaic Eilí an greann a bhain leis an méid sin.

'Níl neart agam air, is dócha,' ar sise, 'ach más duine den lucht siúil thú, tuigeann tú go luath i do shaol go bhfuil tú difriúil ó dhaoine eile. Ó bhí mise an-bheag thuig mé go raibh difríocht idir mé agus páistí eile.'

Bhí Niamh ag éisteacht go cúramach léi. Ar chaoi éigin, bhí an ghrian agus na héin agus na beacha ligthe i ndearmad aici agus ní raibh ina hintinn ach an méid a bhí á rá ag a cara. D'fhan sí nóiméad ag machnamh sular labhair sí go cúramach arís.

'Tá difríochtaí idir gach duine, a Eilí, ná dearmad sin. Feictear domsa go mbíonn daoine deasa agus daoine gránna i ngach áit agus i ngach pobal, cuma an daoine socraithe iad nó lucht taistil.'

'Tá mé cinnte go bhfuil an ceart ar fad agat

ansin, a Niamh, ach tá cuid mhór den phobal socraithe nach féidir leo glacadh leis go bhfuil duine ar bith den lucht siúil atá go deas; agus tá sé i bhfad níos éasca acu sinn ar fad a phéinteáil leis an scuab dhubh chéanna.'

Lig Niamh osna aisti.

'Tá a fhios agam sin, a Eilí,' ar sise, 'tá a fhios agam sin go rímhaith.'

D'fhan sí tamall ina tost agus í ag machnamh. D'ardaigh sí a ceann ansin agus an drochiúmar á chur di.

'Féach, a Eilí, ar mhaith leat dul le haghaidh uachtar reoite?'

'Ba bhreá liom, go raibh maith agat,' arsa Eilí.

Leis sin phreab an bheirt acu anuas go héadrom den charraig agus ar ais leo i dtreo an bhaile mhóir. Agus iad ag imeacht bhí greim docht daingin ar a lámh ag Niamh.

CAIBIDIL 10

SCEOIN

Faoi dhorchadas na hoíche a tháinig na
loitiméirí…

Bhí Eilí ina codladh go suaimhneach agus í ag
brionglóidí faoi bheith ag rothaíocht le Niamh.
Bhí siad ag rásaíocht leis na fáinleoga, dar léi,
agus iad beirt ag scairteadh gáire.

Nár mhór an spórt í Niamh agus í ag canadh
os ard ar a rothar in ard a cinn is a gutha?
Cheapfadh duine go raibh sí as a meabhair ar
fad! Ach ní raibh, ar ndóigh. Ní raibh ann ach
go raibh sí sona, gealgháireach, spraíúil mar ba
cheart do chuile chailín óg a bheith…

Chuala Eilí scairt eile ansin ach bhí an scairt
seo difriúil ar chaoi éigin. Ní raibh aon gháire
ná spraoi le sonrú ann, ach… faitíos agus
imní!

'Amach, amach, in ainm Dé, a Eilí, rith
leat.'

B'shin glór a máthar a bhí ag screadaíl léi.

Ach tuige? Nárbh é lár na hoíche a bhí ann?

'A Eilí, an gcloiseann tú mé? Bailigh leat. Tá an leantóir trí thine!'

Is ansin don chéad uair a d'airigh Eilí céard a bhí ag cur as di ina codladh le soicindí beaga anuas; an fáth go raibh sé ag plúchadh i ngan fhios di féin. Bhí deatach chuile áit! Agus taobh amuigh den fhuinneog bhí lasracha buí-oráiste ag lí go bagrach ar chuile thaobh den leantóir. An chéad rud eile, chonaic sí a hathair ag teacht ina treo, tuáille nó ceirt nó rud éigin thart ar a bhéal agus an leanbh ina bhaclainn aige. Ní dhearna sé ach greim gharbh, dhaingean a bhreith ar ghualainn Eilí agus í a thiomáint roimhe i dtreo an dorais. Bhí sí beagnach chomh fada leis nuair a baineadh tuisle aisti ag stóilin a bhí tite sa bhealach roimpi. Amach thar mullach a cinn a chuaigh sí.

'Éirigh, a Eilí, éirigh! Caithfimid imeacht!'

Chuala sí glór a hathar taobh thiar di. Bhí an cheirt bainte dá bhéal aige agus é ag impí ar a iníon í féin a shábháil… B'shin an rud a chuir faitíos ar Eilí an oíche sin, an scanradh agus an imní a d'airigh sí i nglór a hathar, rud nach raibh cloiste aici riamh roimhe sin ina saol agus a bhí ag tabhairt le fios di go gcaithfeadh sí éalú anois nó go mbeadh sé ró-dheireannach...

Nuair a d'oscail sí a súile chonaic sí gur ina luí díreach taobh istigh den doras a bhí sí agus go raibh rud éigin ag glioscarnach le solas na tine ar an urlár in aice léi. D'aithin sí an seanfhráma airgid sin láithreach agus an seanghrianghraf a bhí istigh ann! Ar éigean a raibh d'am aici é a sciobadh léi ina láimh sular thug sí léim mhór thar dhoras amach agus a hathair ina diaidh.

Os a comhair amach chonaic sí a máthair ar a glúine, í ag scréachaíl agus ag caoineadh. Bhí a lámha sínte amach roimpi, agus í ag impí ar a hiníon rith ina treo.

Rith Eilí. Rith sí chomh sciobtha agus a rith sí riamh ina saol agus greim docht daingean aici ar an bhfráma airgid, an t-aon rud beo a thug sí slán as an dóiteán léi, gur chlúdaigh a máthair í lena dhá lamh agus gur phóg í arís agus arís eile agus na deora léi ina sruth.

* * * * * *

Thart ar a leathuair tar éis a haondéag a tháinig an glaoch. Bhí an Sáirsint Tomás Mag Uidhir ag léamh an nuachtáin ina sheomra suite sa bhaile nuair a chuala sé a bhean ag glaoch air.

'A Thomáis, fón!'

'Cé atá ann?' a ghlaoigh seisean ar ais léi agus leisce air éirí as a chathaoir chompordach.

'Mícheál Ó hAodha. Rud éign faoi dhóiteán thiar i mBaile Thaidhg.'

D'éirigh an Sáirsint go drogallach. Bhain sé de a spéaclaí léitheoireachta agus chaith sé an nuachtán ar an gcathaoir.

'Cén fáth a bhfuil sé ag glaoch ormsa? Ní fear dóiteán mise!' ar seisean leis féin agus é ar a bhealach amach chun an glaoch a thógáil.

Thóg sé an fón óna bhean.
'Haló, a Mhichíl, cén scéal?'

Bhí ciúnas ar feadh tamaillín bhig agus an Sáirsint ag éisteacht go cúramach lena raibh á rá leis. Ansin thug a bhean faoi deara go raibh sé ag éirí corraithe.

'Dia dá réiteach!' ar seisean go tobann. 'Cén uair?'

Níor mhair an chuid eile den chomhrá ach soicindí beaga sula ndúirt an Sáirsint os ard.

'Deich nóiméad. Buailfidh mé leat i gceann

deich nóiméad. Ag an láthair… is ea!'
Agus chroch sé suas an fón. Suas an staighre
leis de rith agus anuas arís é gan mhoill, agus é
faoi éide.

'Céard atá ag tarlú?' arsa a bhean agus cineál
imní ag teacht uirthi.

'Níl a fhios agam go baileach,' ar seisean,
'ach ní maith liom é. Ná bí buartha. Beidh mé
ar ais ar ball.'

Agus tharraing sé an doras de phlimp ina
dhiaidh.

* * * * * *

Bhí slua ag bailiú faoin am ar shroich an
Sáirsint an láthair. Ba é Mícheál Ó hAodha an
chéad duine a chonaic sé, é ina sheasamh i lár
an bhóthair, a chlogad ina láimh aige agus a
chlár éadain á ghlanadh aige. Bhí sé ag cur
allais go tiubh agus bhí a aghaidh dubh,
smeartha de bharr an deataigh. Taobh thiar dó

bhí cruth scriosta an leantóra dóite le feiceáil agus an deatach fós ag éirí as. Bhí na fir dhóiteáin eile fós á spraeáil ach faoin am seo ba léir go raibh an dochar imithe as.

'An bhfuil chuile dhuine slán?' arsa an Sáirsint leis i gcogar.

'Sílim go bhfuil, a Thomáis, ach bhí an t-ádh dearg leo.'

'Buíochas le Dia,' arsa an Sáirsint, 'níl a fhios agam céard a dhéanfaimis dá…' Stop sé nóiméad, é ag iarraidh an smaoineamh uafásach sin a ruaigeadh as a chloigeann.

'An bhfuil a fhios agaibh fós cén chaoi ar thosaigh sé?' ar seisean go ciúin le Mícheál.

'Níl mé cinnte, a Thomáis, ach níl dabht ar bith orm go raibh drochobair i gceist. Ag Dia amháin atá a fhios cén chaoi ar tháinig aon duine slán as an smionagar sin.'

'An bhfuil tú a rá liom gur dearnadh iarracht

na daoine seo a mharú?' arsa an Sáirsint leis go himníoch.

'Féach, a Thomáis, ní féidir é sin a rá le cinnteacht, ach níl aon dabht ach gur iarracht iad a dhó amach a bhí ann. Tá an chuma ar an scéal gur caitheadh buama peitril leis an leantóir, agus nuair a tharlaíonn rud mar sin... bhuel, tá a fhios agat féin...'

'Ach cé a dhéanfadh a leithéid?'

'An bhfuil tú ag iarraidh liosta? Tá daoine an-chorraithe thart anseo le roinnt seachtainí anuas idir an scliúchas i mBaile an Mhóta agus an ghadaíocht atá ar siúl ar fud na háite. Ní thógann sé mórán an lasair a chur sa bharrach, má thuigeann tú leat mé.'

'Tuigim,' a d'fhreagair an Sáirsint agus cuma an-bhuartha air, 'tuigim go rímhaith thú, a Mhíchíl.'

Chonaic sé an chlann uaidh ansin. Ar an

taobh eile den bhóthar a bhí siad agus an
Dochtúir Ó Domhnaill ina dteannta. Bhí
doras cúil an chairr ar oscailt aige agus Bean
Mhic Dhonnchadha ina suí istigh inti. Bhí an
leanbh ina lámha aici agus cuma chráite uirthi.
Bhí an dochtúir ag iarraidh a chur ina luí
uirthi gur cheart di dul go dtí an t-ospidéal
ach ní raibh fonn ar bith uirthi é sin a
dhéanamh.

'Níl tada cearr liomsa, a dhochtúir. Tá mé
ag fanacht anseo le mo chlann.'

'Ach a Bhean Mhic Dhonnchadha…'

'Brídín!'

'Ach, *a Bhrídín*, caithfimid a bheith cinnte
faoi sin. Tá sibh tar éis eachtra uafásach a
fhulaingt. Ba mhaith liom a bheith cinnte go
bhfuil sibh ceart go leor, sin an méid.'

'An féidir liomsa cuidiú libh anseo, meas tú?'
arsa glór séimh taobh thiar díobh. An sagart

paróiste, an tAthair Liam Ó Briain a bhí ann.

'Dia dhuit, a Athair,' a deir an Sáirsint leis, 'ní fhaca mé ansin thú.'

'Dia is Muire dhuit, a Thomáis. 'Féach, níl mé ag iarraidh cur isteach ort, ach b'fhéidir go mbeinn in ann cuidiú libh anseo. An cuimhin leat an teach folamh sin atá againn in aice an tséipéil, an teach a bhíodh ag an gCanónach, go ndéanaí Dia grásta air? Bíonn Bean Uí Éineacháin isteach is amach ann chuile lá agus tá teas agus gach uile shórt ann. Séard tá mé a rá ná go dtig linn na daoine bochta seo a chur isteach ann go ceann cúpla lá go dtí go ndéanfar socrú éigin eile dóibh.'

'Bheadh sé sin go hiontach, a Athair. Is cinnte nach bhfuil fonn ar an mbean bhocht sin dul go dtí an t-ospidéal, ar aon nós. Ach cogar, an labhróidh tusa léi? Seans go néistóidh sí leatsa níos sciobtha ná le duine ar bith eile.'

'Labhróidh,' a deir an Sagart agus é ag gluaiseacht i dtreo an chairr cheana féin.

CAIBIDIL II

LEID

Go gairid i ndiaidh a deich a chlog an mhaidin dar gcionn, thiomáin an Sáirsint agus an Garda Cathal Ó Ceallaigh, a chomhghleacaí óg, amach go láthair na tine arís. Bhí rud éigin ag dul timpeall i gcúl a chloiginn ag Tomás Mag Uidhir, rud éigin a déarfadh a sheansáirsint féin leis na blianta fada ó shin. 'Bíonn leid i gcónaí ann… ach é a aimsiú.'

Ach bhí an oiread sin teacht agus imeacht ar an láthair seo aréir is go raibh faitíos air go mb'fhéidir go mbeadh an leid sin millte faoi seo, sin má bhí a leithéid riamh ann.

'Tar uait,' ar seisean go borb, é ag éirí amach as an gcarr agus ag tarraingt air a hata oifigiúil. Shiúil sé chomh sciobtha sin i dtreo an smionagair is go raibh ar a chompánach brostú le teacht suas leis. Chaith siad cúig nó sé nóiméad ag guairdeall thart gan focal astu, ach

ní raibh aon cheo le sonrú ar láthair an
dóiteáin a thabharfadh le fios dóibh cé as nó
cé hiad na coirpigh a rinne scrios na hoíche
aréir.

Ba chosúil, dar leo, gur beirt nó triúr a rinne
an t-ionsaí. Ní fhéadfaí a rá go cinnte ar
ndóigh, ach ón gcaoi ar shatail siad ar an
bhféar bhí an chuma ar an scéal gur trasna na
bpáirceanna a tháinig siad; gur dhreap siad
thar an gclaí agus gur fhan siad i bhfolach
ansin ag faire ar an leantóir, go dtí gur
múchadh an solas deiridh, agus go raibh
chuile dhuine ina gcodladh.

Sheas an Sáirsint tamall ag breathnú
timpeall ar an tír mháguaird. Dar lena
chompánach, bhí sé ar nós duine a bhí ag
iarraidh rud éigin a thabhairt chun cuimhne.
Ansin, go tobann thiontaigh sé agus shiúil leis
i dtreo an chlaí ar an taobh eile den bhóthar.

'Gabh i leith uait,' ar seisean agus isteach leis thar an gclaí sa pháirc. Lean an Garda óg é agus sheas siad tamall ag scrúdú an cheantair. B'fhacthas dóibh nach raibh ach páirc amháin idir an áit ina raibh siad ina seasamh anois, agus an bóthar mór ar an taobh eile.

'Tá sé sin spéisiúil, a Chathail,' a deir an Sáirsint cé nár thug sé mórán míniú ar céard a bhí i gceist aige.

Bhreathnaigh sé ar dheis is ar chlé ar feadh tamaillín sular labhair sé arís.

'Bhfuil a fhios agat, a Chathail, sílim go ndéanfaimid píosa siúlóide.' Agus d'imigh sé leis i dtreo an chlaí ar a dtaobh clé, é ag coinneáil isteach le himeall na páirce agus an talamh os a comhair á scrúdú go géar aige i rith an ama.

Lean siad orthu go mall, staidéartha gur bhain siad amach an balla ar an taobh eile den

pháirc taobh leis an mbóthar mór. Ach seachas
cúpla seanchanna agus corrbhosca toitíní ní
raibh aon toradh ar a gcuid oibre.

'Tá go maith,' arsa an Sáirsint. Bhí geata
mór iarann díreach os a gcomhair agus shiúil
sé go bríomhar ina threo. D'oscail sé an geata
agus amach leis ar thaobh an bhóthair. D'fhan
an Garda Ó Ceallaigh ag an ngeata ag
féachaint ina dhiaidh. Ar aghaidh leis an
Sáirsint, tuairim is fiche slat, go dtí áit ina
mbeadh dóthain spáis, dar leis, le go
dtarraingeodh carr isteach ann. Síos leis ar a
ghogaide ansin agus an féar á scrúdú go
cúramach aige.

'Gabh i leith anseo, a Chathail,' ar seisean os
ard. D'fhág an Garda óg an geata agus shiúil
sé chomh fada leis.

'Céard é féin?' ar seisean.

'Breathnaigh,' a deir an Sáirsint, 'céard a

fheiceann tú?'

'Rianta, is dócha,' arsa an Ceallach go héiginnte.

'Ach cén cineál rianta, a Chathail?'

B'fhearr leis an Garda óg dá n-inseodh an Sáirsint amach é seachas a bheith á cheistiú ar nós dalta scoile, ach thuig sé go m'fhearr dó é a shásamh. Chrom sé, mar sin, agus scrúdaigh sé na rianta.

'Carr spóirt, déarfainn. Boinn leathana a d'fhág na rianta seo…'

'Díreach é, a Chathail, boinn leathana, ar nós mar a d'fheicfeá ar charr spóirt nó ar cheann de na carranna seafóideacha sin atá ag déagóirí na laethanta seo.'

As a phóca taobh istigh thóg an Sáirsint téip agus nótáil sé díreach chomh leathan agus a bhí na rianta. Sheas sé ansin, rinne gearán beag faoina dhroim, agus thug sé aghaidh ar an ngeata in athuair.

'Caithfimid dul ar ais, a Chathail,' ar seisean, 'ach sílim go dtriailfimid an taobh eile den pháirc an iarraidh seo. Dún an geata seo i do dhiaidh, maith an fear.'

Bhí an Sáirsint imithe fiche slat uaidh cheana féin, é ag coinneáil taobh leis an gclaí eile anois agus an talamh roimhe á scrúdú aige díreach mar a rinne sé ar an taobh eile níos túisce. Ní raibh ach leathchéad slat curtha díobh nuair a stop an Sáirsint go tobann. Bhí rud éigin ag glioscarnach ag bun an bhalla.

'Bhuel, a Chathail, céard atá anseo againn, meas tú?'

Thóg sé ciarsúr glan as a phóca, chrom sé agus phioc sé suas é. 'Fón póca, mura bhfuil dul amú orm.'

'M'anam, gurb ea!' a deir an Garda óg agus idir iontas agus áthas air. Níor ghá dó ach

leathshúil a chaitheamh air lena aithint gur
fón nua-aimseartha den chineál is daoire ar an
margadh a bhí ann.

'Tuigeann tusa cén chaoi a n-oibríonn na
rudaí seo, is dócha?' arsa an Sáirsint leis de
ghlór bog.

'É… tuigim,' a d'fhreagair an Garda. An
diabhal de Sháirsint sin! Bhí a fhios aige go
maith gur thuig sé chuile rud fúthu. Nár
mhinic a thug sé an drochshúil dó dá
bhfeicfeadh sé é ag cur téacs abhaile chuig a
bhean ón stáisiún?

'Go breá,' a deir an Sáirsint, 'go breá ar fad.
Tig linn é a scrúdú thiar ag an stáisiún. Beidh
an leibide sin de bhleachtaire, Mac Giolla
Phádraig, ag fanacht orainn, mura bhfuil dul
amú orm.'

CAIBIDIL 12

CUAIRT AR AN gCOMHAIRLEOIR

Ar bhuille an sé, an tráthnóna céanna, bhí an
Comhairleoir Séamus P. Ó Móráin á
ghléasadh féin le dul amach go dtí
cruinniú sa bhaile mór, nuair a chuala sé carr
ag tarraingt isteach taobh amuigh dá dhoras
tosaigh. Níorbh fhada gur chuala sé an cloigín
ag bualadh.

'Muise, cé hé sin anois?' ar seisean leis féin
go mífhoighdeach. 'Díreach agus mé ag
iarraidh imeacht amach. Tarlaíonn sé seo i
gcónaí…'

Cén dochar ach ní raibh a bhean sa bhaile.
Imithe go Baile Átha Cliath le cara léi don
deireadh seachtaine a bhí sí, agus seisean
fágtha gan aon duine chun an doras a
fhreagairt. Bhuail an cloigín don dara huair.

'Tá go maith, tá go maith,' ar seisean agus é
ag teacht anuas an staighre, 'in ainm Dé,
bíodh foighid oraibh!'

Bhí sé fós ag gearán os íseal agus an doras á oscailt aige.

'Bhuel…?' a thosaigh sé go míshásta ach ar chúis éigin stop sé. Ba ait leis an Sáirsint Mag Uidhir agus an Garda Ó Ceallaigh a fheiceáil ar an tairseach roimhe, agus duine eile fós nach raibh aon aithne aige air.

'Ó,' ar seisean, 'tú féin atá ann, a Thomáis.'

'Is mé,' a deir an Sáirsint de ghlór leithscéalach. 'Tá brón orainn cur isteach ort an t-am seo den tráthnóna ach ba mhaith linn labhairt leat ar feadh cúpla nóiméad, murar mhiste leat. Tá aithne agat ar an nGarda Ó Ceallaigh anseo agus seo an Bleachtaire Eoin Mac Giolla Phádraig ón bPríomhstáisiún. Bhfuil cead againn teacht isteach, le do thoil?'

'Tá… Tá go maith,' arsa an Comhairleoir, agus imní éigin ag teacht air. Stiúraigh sé isteach sa seomra suite iad agus shuigh an triúr sna cathaoireacha móra leathair ag breathnú air. Ar chúis éigin bhí seisean fós ina sheasamh ach ar deireadh tháinig sé chuige féin agus shuigh sé go míchompórdach ar an tolg os a gcomhair. Go tobann bhí sé ag smaoineamh ar a bhean…

'Máire,' ar seisean os ard, 'níl tada… an bhfuil tada…?'

'Tá Máire go breá, a Shéamuis, níl aon bhaint aici leis seo, beag ná mór, ná bí buartha,' arsa an Sáirsint go cineálta leis. 'Féach, is faoi do mhac, Dónal, a tháinig muid anseo.'

'Dónal?' arsa an Comhairleoir agus a éadan chomh bán le sneachta. 'Ná habair…'

'Níl aon cheo cearr leis, a Chomhairleoir,' a deir an bleachtaire, agus é ag labhairt don chéad uair, '…chomh fada agus is eol dúinn. Ach is gá dúinn roinnt ceisteanna a chur air.'

'Ceisteanna? Céard atá á rá agat? Cén cineál ceisteanna?'

'Faoi eachtraí a tharla le cúpla lá anuas. Bhfuil sé sa teach faoi láthair?'

'Níl, tá sé imithe sa charr sin aige le cúpla duine dá chairde, Gearóid Ó Domhnaill, mac an dochtúra, agus Liam Ó hOdhráin, leaid óg an phoitigéara. Tá a fhios agat féin an chaoi a bhfuil sé le leaids óga agus carranna… agus mar sin de?'

Bhí sé ag iarraidh labhairt go díreach leis an mbleachtaire ach níor fhreagair an bleachtaire é.

'Tuigimid, a Shéamuis,' arsa an Sáirsint. 'B'fhéidir go bhféadfá féin cuidiú linn mar sin?'

'Cuideoidh, más féidir…' arsa an Comhairleoir go hamhrasach. Níor mhaith leis an chaoi a raibh an bleachtaire ag breathnú timpeall an tseomra.

'Aon seans go n-aithneofá an fón seo?' a deir
an Sáirsint agus é ag tarraingt mála beag
plaisteach as a phóca ina raibh an fón a
fritheadh sa pháirc an mhaidin sin.

Scrúdaigh an Comhairleoir an fón ar feadh
cúpla soicind sula d'fhreagair sé. Bhí súile an
bhleachtaire sáite ann.

'Aithním é. Is le Dónal é… Bhuel… sé sin le
rá go bhfuil sé an-chosúil lena cheann siúd, ar
aon chaoi. Ceann nua, tá a fhios agat, ceamara
ann agus chuile shórt… Ach cén chaoi…?'

'Is dóigh linn gur chaill sé é, a Shéamuis,'
arsa an Sáirsint.

'Á!' a deir an Comhairleoir agus faoiseamh
éigin ag teacht air ar feadh soicind. 'Tuigim
chuile shórt anois. Chaill sé é agus tháinig
sibhse lena thabhairt…'

Stop sé i lár abairte nuair a d'airigh sé an

bleachtaire ag stánadh air. Ansin a rith sé leis nach mbeadh triúr Gardaí tagtha le fón póca a thabhairt ar ais do éinne, fiú do mhac Comhairleora.

'Ní hé sin é, a Shéamuis,' a deir an Sáirsint. 'Is oth liom a rá leat gur fritheadh é ag láthair coire.'

'Láthair coire?' arsa na Comhairleoir de ghlór lag.

Thapaigh an bleachtaire a dheis agus istcach leis sa chomhrá arís.

'An bhfuil a fhios agat, a Chomhairleoir, nó an mbeifeá in ann a inseacht dúinn, cá raibh Dónal aréir idir a deich a chlog agus a dó dhéag?'

Smaoinigh an Comhairleoir ach ba léir faoin am seo go raibh sé ag éirí an-chorraithe. I ngan fhios dó féin, bhí sé tar éis éirí arís. Bhí a lámh ar crith beagán agus a chlár éadain á thriomú aige.

'Aréir… aréir… Fan go bhfeice mé.'

'Tóg t'am, a Shéamuis,' arsa an Sáirsint. 'Tá sé an-tábhachtach go mbeimid soiléir faoi chúrsaí ama, tuigeann tú?'

'Tuigim, ach le bheith fíreannach libh, níl a fhios agam cá raibh sé. Ó fuair sé an carr sin bíonn sé ag teacht agus ag imeacht anseo go síoraí seasta. Gach rud, mar a deir a mháthair, ach a chuid staidéir. Ach maidir leis an oíche aréir tá faitíos orm go gcaithfidh sibh an cheist sin a chur air féin.'

'Caithfimid teacht suas leis i dtosach,' arsa an Sáirsint, 'ach ní bheidh sé sin ró-dheacair, is dócha.'

'Ach céard tá déanta aige, a Sháirsint? Ní thuigim céard tá ag tarlú anseo. Inis dom, in ainm Dé.'

Bhreathnaigh an Sáirsint go géar ar an

gComhairleoir Ó Móráin. Ní raibh aon rian
den éirí in airde ná den bhuailim sciath fágtha
ann. Ní raibh ann anois ach athair bocht
cráite, ar nós na scórtha eile dá short a bhí
feicthe aige thar na blianta, agus in ainneoin
gach a bhí ráite aige le roinnt laethanta anuas,
bhí trua aige dó.

'Is dócha gur cheart cuid den scéal a mhíniú
duit sula n-imeoimid. Suigh síos ansin, agus
inseoidh mé duit.'

Bhreathnaigh sé ar a bheirt chompánach
agus rinne comhartha súil i dtreo an dorais.

'B'fhéidir go bhfanfadh sibhse sa charr?'

Sheas an bheirt gan focal agus shiúil siad i
dtreo an dorais. D'fhan sé gur dhún siad an
doras ina ndiaidh sular thosaigh sé ar an scéal.

CAIBIDIL 13

DAIDEO

Bhí muintir Mhic Donnchadha ar bís. Cúpla uair a chloig níos túisce bhí glaoch teileafóin faighte acu ón Sáirsint á rá go mbeadh sé ag teacht ar cuairt chuig an teach chun iad a fheiceáil. Tharla go raibh an tAthair Ó Briain sa teach nuair a tháinig an glaoch agus b'eisean a labhair leis i dtosach. D'iarr sé Mícheál ansin agus labhair leis siúd chomh maith.

'Tá scéal agam daoibh, a Mhichíl, faoinár tharla an oíche cheana,' a dúirt sé. 'Ach is mian liom labhairt go pearsanta leat faoin méid atá tite amach ó shin. An bhféadfainn bualadh isteach chugaibh níos deireanaí, meas tú?'

'Cinnte, a Sháirsint,' arsa Mícheál, 'beimid anseo, ar aon chaoi.'

'Feicfidh mé ansin thú,' arsa an Sáirsint, 'go raibh maith agat.' Agus chroch sé suas an fón.

Ach in intinn Eilí ba thábhachtaí i bhfad an

glaoch a tháinig aréir ó Bhaile Átha Cliath. Í féin a d'fhreagair an fón agus ba bheag nár thit sí as a seasamh nuair a chuala sé cé a bhí ann agus an scéal a bhí aige di. Daideo! Bheadh sé ag teacht lena huncail Máirtín chun iad a phiocadh suas agus a thabhairt abhaile leo. Bhí sí ag súil go mór len é a fheiceáil. Bhí an oiread sin rudaí tar éis tarlú dóibh mar chlann le cúpla lá anuas is nach raibh sí in ann smaoineamh ar a leath.

* * * * * *

Ar ball chuala siad cnag éadrom ar an doras. Chuaigh Eilí á fhreagairt agus cé a bheadh ann ach a cara Niamh, agus a máthair ina teannta.

Níor dhúirt Niamh tada ach thóg sí céim i dtreo a cara agus d'fháisc chuici féin í.

'Ó, a Eilí, a Eilí,' ar sise arís agus arís eile, agus na deora léi.

'Tá sé ceart go leor, a Niamh, tá gach rud

ceart go leor,' arsa Eilí léi, 'ná bí ag caoineadh.'

'Ach níl sé ceart go leor, a Eilí. Ní fhéadfadh sé bheith ceart go leor, nach bhfeiceann tú sin? Féach an rud a tharla daoibh agus anois beidh ortsa imeacht agus ní fheicimid a chéile go deo arís agus…'

Agus leis sin tháinig na deora ina sruth arís.

Ar chloisteáil an torann dó bhí Mícheál Mac Donnchadha tar éis teacht chomh fada leis an doras.

'Bail ó Dhia ort, a bhean uasail,' ar seisean, 'nach dtiocfaidh sibh isteach?'

'Tiocfaidh, go raibh maith agat,' arsa Máirín Uí Mhurchú ach ní chuirfimid isteach oraibh ró-fhada… Coinnigh ort, a Niamh.'

Isteach leo sa seomra suite, áit a raibh tolg mór compordach, agus shuigh siad. D'fhan Eilí agus Niamh in éineacht ag an doras agus lig do na daoine fásta bheith ag caint.

'Tá aithne agam ar Niamh agatsa le tamaillín, a bhean uasail,' arsa Mícheál Mac Donnchadha agus é ag croitheadh láimh léi, 'ó thosaigh Eilí ag dul chuig an scoil, bhfuil a fhios agat?'

'Tá a fhios,' ar sise, 'is mise a máthair, Máirín Uí Mhurchú, agus tá áthas orm castáil leatsa ar deireadh.'

'Agus seo mo bhean, Brídín,' ar seisean agus í ag teacht isteach sa seomra.

'Do bhean?' arsa Máirín agus iontas uirthi cé chomh hóg is a bhreathnaigh an bhean eile.

Thuig Brídín ar an toirt an rud a bhí ar a hintinn aici agus rinne sí gáire beag.

'An ólfaidh tú cupán tae?' ar sise.

'Ba bhreá liom ceann, go raibh maith agat, ach ná bí ag cur trioblóide ort féin.'

'Ní thógfaidh sé ach soicind,' arsa Bridín agus d'imigh sí amach chun na cistine.

'Is maith léi cuairteoirí,' arsa Mícheál, 'agus tá an babaí beag ina chodladh, bhfuil a fhios agat?'

* * * * * * *

Bhí Niamh agus Eilí imithe amach sa ghairdín cúil. Ba é seo an chéad chomhrá eatarthu le cúpla lá ach thuig an bheirt acu go rímhaith go raibh an saol tar éis athrú go mór i rith an ama sin. Go deimhin, ní bheadh aon dul ar ais anois go dtí an saol sona, suaimhneach sin a bhí caite acu i dteannta a chéile le breis agus mí anuas agus ba mhór an scalladh croí dóibh beirt an tuiscint sin. Ba rud álainn nádúrtha an cairdeas a bhí eatarthu ach anois bhí sé scriosta go deo ag daoine gan aithne a tháinig san oíche agus fuath ina gcroíthe.

'Cén chaoi a bhfuil tú anois, a Niamh? arsa Eilí agus í ag scrúdú éadan a cara.

'Ceart go leor, is dócha,' arsa Niamh ach

níor ardaigh sí a ceann ach ar éigean. 'Tá a fhios agat féin an chaoi?'

'Tá a fhios, muise, ach féach, níl aon mhaith a bheith ag caoineadh faoi. D'fhéadfadh sé bheith i bhfad níos measa…'

'Tá a fhios agam sin, a Eilí, ach níl neart agam air. Beidh tusa ag imeacht inniu, nach mbeidh?'

'Beidh…'

'Agus chuile sheans nach bhfeicfidh muid a chéile arís go deo. Níl sé sin ceart ná cóir, an bhfuil?'

'Féach, a Niamh, tá go leor rudaí sa saol seo nach bhfuil ceart ná cóir ach tá mise ag tabhairt geallúint duit anois go *bhfeicfidh* muid a chéile arís.'

'Ach cén chaoi?'

'Inseoidh mé duit. Labhair mé le mo Dhaid níos túisce faoi agus gheall sé dom go dtiocfadh muid ar ais arís san earrach, aimsir na Cásca b'fhéidir, agus go bhfanfadh muid thart cúpla seachtain. Cineál saoire a bheadh ann, an dtuigeann tú?'

'Tuigim, ach…'

'Agus ní gá go mbeadh a fhios ag aon duine faoi ach muid féin. Anois, do bharúil?'

Gheal éadan Niamh beagán.

'Is dócha…' ar sise agus í ag ardú a ceann beagán, 'agus is dócha gur féidir linn bheith ag scríobh chuig a chéile freisin, nach féidir?'

'Is féidir cinnte!' arsa Eilí agus rug sí barróg ar a cara agus cuid den ardiúmar ag teacht uirthi arís. 'Ní bheidh sé i bhfad ansin go dtiocfaidh an t-earrach agus beidh muid ar ais arís. Nuair a fhilleann na fáinleoga…'

'Is ea,' a deir Niamh, 'nuair a fhilleann na fáinleoga…'   Leis sin chuala siad glór Mhichíl ag glaoch orthu.

'A chailíní, an dtiocfaidh sibh isteach anois. Tá cuairteoirí againn...'

Thiontaigh na cailíní agus isteach leo.

Agus nach ar Eilí a bhí an gliondar croí nuair a chuaigh sí isteach. Cé a bheadh ina sheasamh ansin roimpi ach Daideo!

Focal níor labhair sé ach tharraing chuige féin í.

'Bhuel, a Eilí, cén chaoi a bhfuil tú, a stóirín mo chroí?' ar seisean agus a ceann á chuimilt go cionmhar aige.

'Tá mé go maith anois, a Dhaideo, tá gach rud go maith anois.' ar sise agus na deora léi don chéad uair ó tharla an dóiteán.

'Tá, a thaisce, tá go deimhin. Ach cogar, cé hí an cailín deas seo atá leat?'

'Seo Niamh,' a deir Eilí agus a súile á nglanadh aici, 'an cara is fearr a bhí ag aon duine riamh.'

'Tá áthas orm castáil leat, a Niamh, agus tá
súil agam nach dtógfaidh tú orm é má
thugaim mo ghariníon ar ais abhaile liom ar
ball beag?'

'Ní thógfaidh,' arsa Niamh, 'fad agus a
thugann tú ar ais go minic í!'

'Sílim go ndéanfaimid sin, ceart go leor, a
Niamh. Ná bí buartha faoi sin.'

'Cá bhfuil Daid?' arsa Eilí ansin agus í ag
tabhairt faoi deara don chéad uair nach raibh
sé i láthair, 'agus máthair Niamh anseo?'

'Tá do Dhaid sa seomra eile ag caint leis an
Sáirsint,' arsa a seanathair, 'agus tá Bean Uí
Mhurchú ag fanacht sa charr amuigh chun
tosaigh, agus do Mham in éineacht léi.

Ní túisce an méid sin ráite aige ná gur
tháinig an Sáirsint isteach agus Mícheal Mac
Donnchadha leis.

'Díreach chun slán a fhágáil oraibh,' ar

seisean. 'Tá súil agam go mbeidh turas slán abhaile agaibh. Agus mar a bhí mé ag rá le Micheál anseo, beidh mé i dteagmháil libh ar ball faoinár gcuid fiosrúcháin agus araile. Idir an dá linn, go dté sibh slán abhaile.'

'Go raibh maith agat, a Sháirsint,' arsa Mícheál agus é ag croitheadh láimh leis. Rinne Eilí agus a seanathair an rud céanna.

'Is mór againn chuile rud atá déanta agat, a Sháirsint,' arsa Daideo.

'Ní tada é,' arsa an Sáirsint, 'is é an trua gur thit cúrsaí amach mar a tharla, ach sin an saol is dócha. Go gcumhdaí Dia sibh anois.'

'Siúlfaidh mé chomh fada leis an ngeata leat,' arsa Mícheál agus amach leo.

'Go raibh maith agat,' a deir an Sáirsint agus a hata á dhíriú ar a chloigeann aige, 'caithfidh mé bualadh siar chomh fada leis an Sagart ar feadh cúpla nóiméad.'

* * * * * *

Ag a ceathair a chlog bhí slua beag
cruinnithe le chéile taobh amuigh den
seanteach paróiste chun slán a rá le Mícheál
Mac Donnchadha agus a chlann. Bhí Uncail
Máirtín ag fanacht go mífhoighdeach sa charr
dóibh ach ba léir leisce éigin a bheith orthu an
bóthar a thógáil orthu féin.

I gcúinne den ghairdín bhí Eilí agus Niamh
ina suí ar bhinse, gan ach corrfhocal ciúin ag
briseadh isteach ar an gciúnas eatarthu.

Amuigh ar an mbóthar bhí an Sagart
Paróiste ag caint ós íseal le Mícheál Mac
Donnchadha.

'A Mhíchíl, a chara,' arsa an tAthair Ó
Briain agus clúdach litreach á bhrú isteach ina
láimh aige, 'seo rud beag a chruinnigh roinnt
daoine sa pharóiste daoibh le lá nó dhó anuas.
Rachaidh sé píosa den bhealach chun leantóir

eile a fháil daoibh, tá súil agam. Agus tá
tuilleadh ag teacht isteach an t-am uilig.
Cuirfidh mé an chuid eile ar aghaidh chugaibh
in am trátha.'

'Go raibh maith agatsa, a athair, agus le
chuile dhuine fial a thug an t-airgead sin duit,
ach b'fhearr liom dá dtabharfá an t-airgead sin
don bhean bhocht sin ar scriosadh a teach an
lá cheana,' arsa Mícheál. 'Bhí árachas maith
againn ar an seanleantóir sin, bhfuil a fhios
agat, agus os rud é go dtuigeann na Gardaí
céard a tharla íocfaidh an comhlacht árachais
as chuile rud.'

'Tá a fhios agam sin, a Mhichíl,' a deir an
sagart, 'agus is mór agam an méid atá ráite
agat ansin ach bailíodh daoibhse é agus ba
mhaith liom go nglacfá leis anois mar
bhronntanas beag agus mar chúiteamh éigin ar
gach a tharla daoibh le roinnt laethanta anuas.'

'Tá go maith mar sin, a athair. Ní rachaidh
sé amú, geallaimse duit.'

'Tuigim sin, a Mhichíl, tuigim sin go maith.
Ach féach, mo leithscéal, tá mé ag cur moille
oraibh. Go dtuga Dia slán abhaile sibh anois.'
Chroitheadar lámha lena chéile agus isteach sa
charr le Mícheál.

'A Eilí, tar uait a chroí, caithfimid bheith ag
bualadh bóthair anois,' arsa a máthair ón gcarr
léi agus í ag iarraidh an leanbh a choinneáil
ciúin ar a hucht.

Sheas Eilí agus Niamh. Ansin agus greim
láimhe acu ar a chéile, shiúil siad go mall
amach tríd an ngeata agus trasna an bhóthair
chomh fada leis an gcarr.

D'fhág siad slán ag a chéile ansin agus
shuigh Eilí isteach ar chúl lena máthair agus a
seanathair. Agus an carr ag gluaiseacht chun
bealaigh d'ísligh Eilí an fhuinneog agus ar sise

le Niamh, 'Nuair a fhilleann na fáinleoga, ná dearmad!'

'Ní dhéanfaidh,' arsa Niamh agus na deora léi arís.

'Scríobhfaidh mé go luath… slán, a Eilí, slán.'

Sheas Niamh agus a máthair ag féachaint ina ndiaidh gur imigh an carr as radharc agus chas siad ansin le dul abhaile.

CAIBIDIL 14

TUISCINT

Tuairim is leathuair an chloig ina dhiaidh sin, bhí an Sagart Paróiste díreach tar éis an teach a chuir faoi ghlas agus é ar tí bualadh abhaile nuair a chuala sé carr ag teacht ar luas lasrach. Scread an carr isteach sa chlós taobh leis an teach agus léim an Comhairleoir Séamus Ó Móráin amach agus éadan mór dearg air.

'A Athair… É… Dia dhuit, a athair. É… Níl a fhios agam an bhfaca tú muintir… muintir Mhic Donnchadha thart? Bhí mé… bhuel, bhí mé ag iarraidh labhairt leo faoi rud éigin.'

'Tá tú ró-dheireanach, a Shéamuis,' arsa an Sagart, 'chaill tú iad le leathuair an chloig nó mar sin.'

'Bhfuil tú a rá nach bhfuil siad… go bhfuil siad…?' Bhí sé ag dul rite ar an gComhairleoir aon chló ceart a chur ar an rud a bhí sé ag iarraidh a rá.

'Séard atá mé a rá, a Shéamuis, má thuigeann tú leat mé, ná *nach bhfuil* siad anseo níos mó agus *go bhfuil* siad imithe le breis agus leathuair an chloig.'

Bhí cuma chráite ar an gComhairleoir.

'An raibh sé… práinneach, a Shéamuis, an teachtaireacht seo a bhí agat dóibh?'

'Bhuel, a athair, bhí mé… bhí mé ag iarraidh…'

'Rud éigin a mhíniú dóibh, b'fhéidir?'

'Sin é go díreach, a athair. Bhí mé ag iarraidh rud éigin a mhíniú dóibh. B'fhéidir nár chuala tú ach…'

'Faoi do mhac, Dónal, an ea?'

'Is ea, a athair, faoi Dhónal bocht. Bhuel, tá sé faighte amach agam go raibh baint aige leis an eachtra mí-ámharach sin a tharla an oíche cheana agus bhí mé ag iarraidh…'

'Ag iarraidh do leithscéal a ghabháil.'

'Is ea, a athair, ach is cosúil…'

'Go bhfuil tú ró-dheireanach?'

'Ró-dheireanach… Sin é go díreach, a athair, tá mé ró-dheireanach. Gabh mo leithscéal as a bheith cur isteach ort…'

'A Shéamuis,' arsa an sagart go mífhoighdeach leis an gComhairleoir, 'éirí as do chuid seafóid munar mhiste leat, agus suigh síos ar an mbinse sin, nóiméad.'

Baineadh siar as an gComhairleoir agus shuigh sé gan focal ar an mbinse mar a dhéanfadh scoláire dána in oifig phríomhoide.

'Féach, a Shéamuis,' arsa an sagart agus é ag suí in aice leis, 'tá a fhios agamsa chuile rud faoi Dhónal agus a chairde agus an rud gránna a rinne siad an oíche cheana. Agus tá a fhios ag muintir Mhic Donnchadha freisin. Tháinig an Sáirsint anseo níos túisce inniu agus d'inis sé an scéal uilig dóibh. Ag Dia amháin atá a fhios

cén fáth, ach dúirt Mícheál Mac Donnchadha
leis go raibh sé féin agus a chlann ag iarraidh
dearmad a dhéanamh ar an rud uilig agus nár
mhaith leis go ngabhafadh sé ró-chrua ar do
mhac, Dónal.'

'An ndúirt sé sin, bhuel?'

'Dúirt, a Shéamuis.'

'Nár dheas sin uaidh anois?' a deir an
Comhairleoir agus náire éigin ag teacht air.

'Ba dhcas, a Shéamuis, ach deir an Sáirsint
nach aigesan a bheas an cinneadh faoi dul ar
aghaidh leis nó gan dul ar aghaidh leis amach
anseo.'

'Tuigim sin. Ach is é an trua go raibh mé
ró-dheireanach chun…'

'Is é an trua, go deimhin, a Shéamuis, ach
féach, ní bhíonn sé riamh ró-dheireanach
cúiteamh a dhéanamh as na botúin
amaideacha a dhéanaimid gach lá dár saol.'

'Tá a fhios agam, a athair, ach céard is féidir liom a dhéanamh anois? Ta na daoine sin imithe, nach bhfuil?'

'Tá, a Shéamuis, ach tá an rud a thug orthu imeacht anseo i gcónaí.'

'Mise atá i gceist agat, is dócha?' arsa an Comhairleoir agus ceann faoi air.

'Tusa agus mise, agus sinn ar fad, a Shéamuis. Táimid go léir ciontach i gcásanna mar seo.'

'Ach cén fáth a ndéarfá sin, a Athair?'

'Táimid ciontach, a Shéamuis, mar nach bhfuil muid sásta mar dhaoine agus mar phobal an nimh atá ionainn ar fad a aithint agus a cheansú. Tá sé i bhfad ró-éasca dúinn breith a thabhairt ar dhuine nó ar ghrúpa dhaoine in áit machnamh a dhéanamh. Níorbh iad muintir Mhic Donnchadha a scrios an pub sin ná a bhris isteach ar Nóra bhocht an lá cheana, ach b'iadsan a d'íoc as.'

'Feicim sin anois, a Athair, ach ag an am shíl mé go raibh an pobal ag iarraidh ormsa, mar chomhairleoir tofa, labhairt amach ar a son faoi na rudaí gránna sin a bhí ag titim amach inár measc…'

'Bhí fearg orthu, a Shéamuis, agus orainn ar fad, faoi na bithiúnaigh sin a bhí ag dul thart, ach bhí dul amú mór ort má shíl tú gurbh é do ghnósa cuidiú leis an bhfuath sin. Cinnireacht a bhí ag teastáil, a Shéamuis, ní gríosadh.'

'Tá a fhios agam sin anois, a Athair, ach feictear dom go bhfuil sé ró-dheireanach é a chur ina cheart anois.'

'B'fhéidir nach bhfuil, a Shéamuis. Nach ball tofa den Chomhairle Chontae thú i gcónaí? D'fhéadfá fós labhairt amach faoi do chás pearsanta féin agus faoin bhfuath atá cothaithe le fada an lá idir an dá phobal sa tír seo. Dá míneofá do dhaoine céard a tharla sa phobal seo b'fhéidir go gcuideodh sé linn ar fad tuiscint níos leithne agus níos ciallmhaire a fháil ar na cúrsaí seo.'

Bhí misneach éigin le feiceáil arís in éadan an Chomhairleora.

'Agus, a Shéamuis, ní dhéanfadh sé aon dochar dá ndéanfainn féin an rud céanna i dteach an phobail. Tá faitíos orm gur minic leisce orainne mar shagairt cur i gcoinne an chiníochais seo atá ar leic ár ndorais féin. Ach gabh i leith, a Shéamuis. Is dóigh liom go bhfuil an tae faoi réir ag Bean Uí Éineacháin agus níor ith mé ó mhaidin. An dtiocfaidh tú siar chuig an teach? Tá cuid mhaith eile le plé againn, sílim.'

'Go raibh maith agat, a Athair,' arsa an Comhairleoir, 'ba bhreá liom cupán. Leanfaidh mé sa charr thú.'

CAIBIDIL 15

LITIR

Tráthnóna amháin an tseachtain dár gcionn,
rothaigh Niamh Ní Mhurchú amach chomh
fada leis an gcarraig ard.

D'fhág sí a rothar le hais an chlaí agus
dhreap sí in airde ar an gcarraig díreach mar a
rinne sí féin agus Eilí ar an lá breá gréine sin
roinnt seachtainí ó shin.

Bhí na laethanta ag dul i ngiorracht de réir a
chéile anois agus bhí cuid mhór de na
duilleoga tite le tamall. Ach bhí sé fós geal
agus tirim ag an am seo tráthnóna. Shuigh
Niamh tamall agus í ag machnamh. Ansin
d'oscail sí a mála agus thóg sí amach litir a bhí
faighte aici an mhaidin sin, an litir a raibh sí
ag súil léi ón lá a d'fhág a cara, Eilí. Ar
ndóigh, níorbh é seo a céad uair aici á léamh.
Go deimhin, bhí sí léite aici an mhaidin sin
agus arís go rúnda sa leithreas ag an scoil. Ach
bhí fonn uirthi í a léamh arís san áit speisialta

seo sula rachadh sí abhaile.

'A Niamh, a chara dhíl,

Tá súil agam go bhfuil tú go maith. Tá rudaí go maith liomsa ó tháinig mé abhaile. Tá mé ar ais ag an scoil leis an tSr. Bríd agus tá mé ag obair go dian. An ndúirt mé leat riamh gur mhaith liom bheith i mo mhúinteoir? Bhuel, ba mhaith, agus deir an tSr. Bríd liom go mbeidh mé má oibrím go dian. Ach níl a fhios agam…

Tá áthas an domhain ar Dhaideo go bhfuil muid tagtha abhaile. Dúirt sé liom an lá cheana go raibh uaigneas air nuair a bhí muid thíos faoin dtír. Seo an fear nach stopann riamh ag moladh dúinn a bheith ag taisteal!

Tá súil agam go bhfuil tú ag dul ar aghaidh go maith ag an scoil freisin. Bhfuil na préacháin fós ag teacht? D'inis mé an scéal sin do Dhaideo agus dúirt sé go bhfuil 'fios' ag na héin nach bhfuil ag an duine. An gcreidfeá é?

Bhuel, a Niamh, caithfidh mé críochnú anois ach abair haló le do mháthair (agus le Bean Uí Shúilleabháin, más maith leat). Tá súil agam go scríobhfaidh tú go luath. Beidh mé ag súil go mór le litir uait.

Le grá mór,

Do chara go deo,

Eilí XXXXXX

Ghlan Niamh an deoir a bhí ag rith síos a héadan agus chuir sí an litir ar ais ina mála. Bhreathnaigh sí thart nóiméad, féachaint an mbeadh aon radharc ar fháinleog b'fhéidir, ach b'fhacthas di go raibh siad i bhfad imithe faoin am seo. Ach cén dochar? Ní bheadh an tEarrach i bhfad ag teacht arís... Anuas den charraig ansin léi, in airde ar a rothar agus ar aghaidh léi abhaile.

Bhí litir le scríobh aici.

CRÍOCH